Daniel SALESSE

« Et que s'abattent les Ténèbres »

Un bal pour Lilith

******* La putain de Lucifer (2018)

- Le silence des Ombres :
* Le fils de la Sorcière (2018)
** Le vampire du Mont Evrin (2019)
*** L'appel du succube (2019)
****La vengeance de la Harpie (2019)
*****Le fantôme du Fascinateur (2019)
****** La colère du Wendigo (2019)
******* Les sanglots de la suicidée (2019)
******** Les larmes de l'Ange (2020)
********* Le murmure de l'Empoisonneuse (2020)

********** La malédiction du Fakir (2021)

- Le silence des Ombres, l'intégrale (2021)

- Le serment trahi:
* Das Labor ou les petits lapins de Ravensbrück (2021)
** Zwillingenblock ou le secret des jumeaux (2022)
*** 110 Furtherstrasse ou le procès des médecins (2022)

- Le serment trahi, l'intégrale (2022)

- Et que s'abattent les Ténèbres	*Un bal pour Lilith (2022)

Pour Juliette Benzoni, ma grand-maman littéraire, disparue en 2016, qui m'a poussé à écrire et m'a fait découvrir le roman historique dont elle est, pour toujours, la reine.

Pour Catherine Hermary-Vieille, ma guide et amie, depuis presque vingt ans dont je dévore les œuvres année après année.

Pour Mme Boulmier et M Ferault qui m'ont fait aimer l'Histoire.

Et pour Laure, merci, tout simplement…

Prologue

Paris, 1676

La gamine, à peine âgée de quatorze ou quinze ans, elle ne savait plus exactement, courait dans les rues, tentant, comme elle pouvait, avec ses maigres jambes, d'échapper à son poursuivant.

Jehanne, n'avait pas pensé un seul instant qu'elle se ferait voir en train de chaparder la bourse d'un gentilhomme par l'un des hommes de La Reynie.

En place de Grève, on avait procédé à l'exécution d'un voleur et Jehanne savait que l'endroit attirait toujours une foule importante allant des pauvres hères dans son cas, à la recherche d'argent facile, aux bourgeois - voire aux noblions-, en mal de sensations.

D'ordinaire, elle parvenait à se glisser dans la foule, innocemment, sans que personne ne la remarque. Elle commettait son forfait et, une fois sa jupe en tissu grossier alourdie de quelques bourses plutôt bien garnies, elle filait rejoindre le quartier des Forges où, jusqu'il y a quelques années encore, se tenait la Cour des Miracles.

Certes, sur ordre de Louis XIV, cette dernière avait été détruite et ses occupants les plus durs – et recherchés pour la plupart !-, envoyés aux galères… mais, une fois les gens d'armes partis, les mendiants étaient revenus étant dans l'impossibilité de trouver refuge ailleurs. N'était-ce pas un coup d'épée dans l'eau ? et que croyait donc le roi ? que les malheureux qui vivaient ici allaient, comme par magie, disparaître ?

Jehanne, comme nombre de ses compagnons, s'était reconstruit un abri de fortune à partir de rien. Pour vivre, pas le choix : elle devait voler…

Quelle idiote ai-je été de ne point voir cet argousin ! se morigéna-t-elle à nouveau.

« Au nom du Roi ! je te l'ordonne, petite ! halte-toi ! lança la voix, essoufflée, de son poursuivant.

Le ciel était bas et sombre. Avant longtemps, il crèverait sur Paris, arrosant la capitale comme il se devait…

Jehanne aurait préféré qu'il se mette à pleuvoir immédiatement : n'aurait-elle pas pu disparaître plus aisément grâce au rideau formé par la pluie ?

Elle obliqua à gauche, dans une venelle sombre, puis à droite pour tomber sur la rue de Beauregard.

L'artère était en pleine activité : marchande des quatre-saisons, femmes vendant des châles, homme proposant de la forgerie. Un carrosse passa tandis qu'un cheval, tirant une carriole pleine de vivres, hennissait.

« Je t'ai dit de t'arrêter !

L'autre était derrière elle mais semblait à bout de souffle. Jehanne sourit. Elle savait qu'il s'arrêterait avant elle, eu égard à son état… ne courait-on pas moins vite à trente ans qu'à dix ?

Elle repartit donc au pas de course et tourna à nouveau à gauche dans une petite ruelle d'aspect peu reluisante : sale et sombre, une vague odeur de chou et d'urine empuantissait l'endroit.

Soudain, une porte s'ouvrit et une solide matrone, portant un bonnet blanc sur la tête, la regarda.

« Ah, mais je vais t'attraper, jeune péronnelle ! ».

La voix de l'homme de la Reynie n'était guère loin, tout comme lui…

La grosse femme mit un doigt devant sa bouche et fit un pas sur le côté, invitant ainsi Jehanne à franchir le pas de la porte.

Elle devait prendre une décision rapidement. Entrer et, sans doute, échapper à l'homme de loi… ou courir, encore et toujours, pour échapper à ce dernier.

La pluie commença alors à tomber, son estomac à gargouiller…

Jehanne ne réfléchit pas plus avant et s'engouffra dans l'habitation. À peine eut-elle passée la porte que cette dernière se referma…

Quelques instants plus tard, l'homme de la Reynie surgissait, accompagné de plusieurs hommes de loi… qui firent face à une impasse vide. La gamine venait de leur glisser entre les doigts…

Je te retrouverai, petite voleuse, se promit le cogne, oh oui, je te retrouverai…

1

Paris, 1676

Naguère un terrain vague en contrebas des anciennes fortifications, maintenant remblayée et lotie de petites maisons avec des jardins, la rue Beauregard se situait loin du centre de Paris et permettait à ses habitants d'y vivre une vie paisible et, surtout, à l'abri des regards.

Catherine Montvoisin y avait élu domicile depuis que sa bourse, jadis si vide, s'était remplie au fil des ans et des rencontres…

Ce jourd'hui, alors que la neige tombait et qu'il faisait froid à pierre fendre, la grosse bonne femme était vêtue de son éternelle robe de velours cramoisi et de sa coiffe de toile grossière.

Son expression torve, son regard fuyant, son front bas, son corps lourd et sa lippe épaisse faisaient de Catherine une femme repoussante dont on ne savait quoi trop penser.

Jehanne, d'ailleurs, était un peu perdue. Grâce à cette femme, elle avait échappé aux gens d'armes et, à présent, mangeait une large tranche de pain tartinée de beurre et de miel. Un bol de lait fumant accompagnait le tout.

La cuisine était spacieuse et composée d'une table en bois, de bancs de chaque côté pour s'asseoir, d'un comptoir sur lequel étaient posés couteaux, marmites et casseroles.

Dans un coin, un poêle diffusait une douce chaleur. Une horloge, dans la maison, sonna la demie de quinze heures.

« Mange, lui dit Catherine, il ne t'arrivera rien de mal ici.

- Bien le merci, ma dame…

- Appelle-moi La Voisin, comme tout le monde ma petite. Et ne me remercie pas. J'ai fait pour toi ce que toute femme avec du cœur aurait fait…

La peur de Jehanne fondit d'un coup. La Voisin ne pouvait pas être si mauvaise pour la nourrir et la rassurer ainsi. Et même si elle ne souriait pas, ne l'avait-elle pas sauvée ?

- Mais qu'est-ce donc ? s'écria soudain un homme qui venait d'entrer dans la cuisine.

- Oh, la paix ! s'écria La Voisin en se tournant vers son mari. Qu'as-tu donc, arsouille, à venir te mêler de mes affaires ?

- Ma mie, je ne vous permets point de me parler ainsi !

Jehanne regarda l'homme falot qui venait d'entrer. Elle devina sans peine qu'il devait s'agir du mari de sa sauveuse. Elle ne fut guère choquée par le ton de La Voisin : de là où elle venait, les putains n'étaient-elles pas obligées de parler pareillement aux hommes, balourds, qui en voulaient plus que ce qu'il était convenu ?

Antoine Montvoisin tituba sous le regard dégouté de son épouse. Bijoutier de formation, l'homme avait perdu toutes ses boutiques les unes après les autres, incapable de gérer sa comptabilité, faisant crédit à tort et effaçant l'ardoise de prétendus indigents…

Heureusement pour lui, son épouse avait réussi à gagner assez d'argent pour faire vivre toute la maisonnée.

-	Je te parle comme il me plait et invite qui il me chante dans notre maison. Il me semble que j'en suis la propriétaire et que tu n'y as pas mis un sou vaillant… retourne donc voir Marie Bosse pour te vider les couilles et laisse-moi à mes affaires !

Antoine ne réagit même plus aux propos plus que vulgaires de son épouse. Maté depuis longtemps, il ne restait ici que parce qu'il n'avait nul autre endroit où aller… et qu'il avait donné une fille à Catherine, Marie-Marguerite, certainement avec son précepteur à cette heure.

Jehanne plongea le nez dans son bol, se sentant en trop. Elle n'avait qu'une envie : disparaître.

« Et tu gênes mon invitée ! le rabroua à nouveau La Voisin. Tu n'es vraiment qu'un idiot ! déguerpis de ma cuisine et reviens-y quand tu auras cuvé !

Antoine ouvrit la bouche comme un poisson hors de l'eau, la referma et fit demi-tour. Jehanne l'entendit monter à l'étage puis une porte claqua.

La Voisin s'assit alors en face d'elle et se servit un godet d'un liquide ambré.

« Ah ma petite ! je ne sais même pas ton prénom !

-   Jehanne.

-   Et pourquoi donc les hommes de La Reynie te cherchaient-ils querelle ?

Jehanne rougit à nouveau, provoquant l'hilarité de la grosse bonne femme.

« Ne t'inquiète pas… je ne porte guère dans mon cœur cet homme et tout ce qui touche à Versailles… tu as volé ?

-   Oui da… d'ordinaire je ne me fais jamais prendre mais ce jourd'hui j'ai dû jouer de malchance…

-   Hum…

Les rouages s'activèrent dans la tête bien faite de Catherine. Certes, elle était issue d'une famille pauvre et avait reçu une éducation basique, sachant seulement lire et écrire… mais depuis toujours elle avait le don de juger rapidement les gens et, lorsqu'elle avait ouvert la porte et vu Jehanne, elle avait vu en elle la gamine qu'elle avait été, obligée, dès son plus jeune âge, à se débrouiller pour vivre… Oh, bien sûr, elle avait appris la chiromancie et la physionomie dès ses neufs ans, lui permettant ainsi de lire les lignes de la main contre des louis vaillants et trébuchants… mais, ce jourd'hui, c'était un tout autre commerce qu'elle gérait et elle avait besoin de quelqu'un pour l'aider.

Sa fille était bien trop sotte pour cela, de sa propre idée. Trop peureuse, pas assez aventureuse… quoi de mieux qu'une gamine à formater dès maintenant pour lui rendre de menus services ?

Outre son élan de bonté – plus que rare chez elle !-, Catherine venait de trouver ce qu'elle ferait de la petite Jehanne…

« Aimerais-tu rester ici ?

- C'est que, je ne vous connais point !

- Moi non plus je ne te connais pas, pourtant je t'ai ouvert ma porte !

Jehanne ne trouva quoi répondre. N'était-ce pas la réalité ? et si La Voisin ne lui avait pas ouvert cette porte, où serait-elle à présent ? à la Bastille ? à la Force ? à Saint-Lazare ?

Elle réprima un frisson. Cette femme avait été bonne avec elle et, maintenant la nourrissait. Jehanne n'avait plus personne, de toute façon… et, dehors, on crevait de froid…

Elle se dit alors qu'elle pourrait rester quelques temps, pour voir…

La Voisin, imbattable dans l'art de percevoir les désirs, les tensions et les espoirs que trahissent les visages et les attitudes, sut qu'elle avait gagné…

- D'accord, répondit simplement Jehanne. Mais que devrai-je faire pour gagner mon logis et mon couvert ?

- Déjà, te remplumer… ensuite, apprendre à lire et écrire. Puis tu m'aideras dans mes affaires du quotidien… ».

Alors, innocemment, Jehanne sourit à La Voisin, scellant ainsi leur accord…

2

Paris, 1676

« Tu as déjà meilleure mine, constata La Voisin quelques semaines plus tard, alors que Jehanne, vêtue d'une robe de tissu bleu, d'un tablier et d'un petit bonnet blanc, épluchait des pommes de terre dans la cuisine.

-   Oui da, ma dame. C'est grâce à vos bons soins.

-   Ah, ma doucette, ce n'est rien. Tu remplis parfaitement ton office…

Innocemment, Jehanne sourit, ne se rendant absolument pas compte qu'elle n'était qu'un jouet entre les mains de La Voisin… le plan de cette dernière lui était totalement inconnu et, en esprit simple qu'elle était, Jehanne ne voyait que les repas servis à heure fixe, la douceur de l'âtre qui ronronnait le soir, le lit confortable qu'elle occupait, seule, dans une sous-pente de la maison.

Depuis son arrivée, Jehanne avait pu, luxe suprême, se laver deux fois par semaine dans de l'eau chaude qu'elle montait elle-même dans sa chambre et qu'elle versait dans un immense baquet. Prendre un bain ! quel luxe pour cette gamine des rues qui ne connaissait rien d'autre que la crasse, le froid et la faim !

On en était là lorsque La Voisin avait décidé de l'habiller. Oh, il n'avait guère fallu aller très loin : une malle, dans la chambre de sa fille Marie-Marguerite avait suffi pour dégoter trois ou quatre robes non usagées depuis que la fille de La Voisin avait grandi… il en fut de même pour les chaussures, le linge de corps et autres tabliers.

On sonna quinze heures à Notre-Dame-de-la-Bonne Nouvelle. La Voisin, eut un petit sourire et se leva. Elle s'était assise face à Jehanne et lui apprenait comment éplucher et cuisiner le chou pour faire une potée… à présent, la môme s'occupait des pommes de terre. Viendrait ensuite le temps de la viande qu'il faudrait jeter dans l'eau chaude avec les légumes.

-   Madame me laisse ? s'enquit Jehanne avec une petite angoisse.
-   Oui, da. J'ai un rendez-vous !
-   Vous allez encore à l'église ?

Catherine explosa de rire et se servit à nouveau un godet de vin de Porto qu'elle affectionnait tout particulièrement et dont elle vidait une à deux bouteilles par jour.

Jehanne rougit. Avait-elle dit une bêtise ? N'était-il pas vrai que, chaque jour, Catherine se rendait à la messe pour deux à trois offices ?

- Ne rougis pas, petite, répliqua la gironde femme vêtue d'une robe de velours vert. Non pas, je ne vais pas quémander gloire et fortune au Créateur. Mais, comme tu le sais, j'ai des gens qui viennent ici…
- Oui, da, je les vois passer.
- Oui, et tu sais ne pas devoir leur parler. Juste faire la révérence.

Jehanne hocha la tête avec un bon sourire. Depuis quelques temps, l'une de ses missions était d'ouvrir la porte dérobée par où elle-même était arrivée aux visiteurs de La Voisin. Cette dernière les accueillait alors pour les mener, dans le jardin de la demeure où se trouvait, dans l'ancienne petite grange, remise à neuf, le bureau de sa protectrice.

Jehanne n'avait pas le droit d'y entrer et ni celui d'adresser la parole aux visiteurs, se contentant de saluer d'une petite révérence les gens reçus.

Catherine regarda alors Jehanne. Peut-être pouvait-elle, dès à présent, la laisser ouvrir la porte et guider ses clients à son cabinet ?

Ce dernier était tout de velours tant aux fenêtres que sur les canapés, les fauteuils, les tables.

Du rose, du rouge, de l'orange… autant de couleurs ornaient le cabinet de voyance de La

Voisin où elle recevait le tout-Versailles et le tout-Paris.

Sur la table ronde, recouverte d'une nappe lourde, rouge sang, étaient posées des cartes du Tarot de Marseille, une boule de cristal, des feuilles de thé à laisser infuser.

Personne, à part elle, n'avait le droit de rentrer céans, cette ancienne remise étant son antre.

Les paiements s'effectuaient en louis et pistoles. On devait laisser à la devineresse, dans un pot, avant de sortir, les pièces correspondant à ses tarifs. Lors, La Voisin vérifiait que le compte était bon et mettait les sous dans une bourse de cuir qu'elle rapportait à la maison…

« Dis, mon enfant, lança La Voisin, en regardant Jehanne dans les yeux, voudrais-tu toucher quelques louis ?

Il était bien rare que sa protectrice la regardât ainsi, droit dans les yeux. Toujours, cela lui donnait un frisson. Ce regard qui transperçait l'âme, comme si elle fouillait ses entrailles, lui donnait mille et un fourmillements.

- Oui da, ma dame, cela me ferait le plus grand plaisir ! que devrais-je faire ?
- Oh, peu de choses, en fait. Tu seras chargée d'accompagner mes clients enfin, mes visiteurs, jusqu'à mon bureau. Au

bout de trente minutes, tu viendras les rechercher...

- Mais, ma dame, je ne sais point encore lire l'heure ! s'affola Jehanne.
- Tu te repèreras à l'horloge de Notre-Dame : dès que tu entendras sonner la demi ou l'heure pleine, tu viendras toquer trois coups à la porte de mon bureau.

Jehanne réfléchit à un instant. Il n'y avait rien de bien compliqué : ouvrir la porte, faire rentrer un monsieur ou une dame, le mener, par la cuisine, au jardin... attendre que cela sonne au loin et revenir les rechercher pour les raccompagner... très peu de choses qu'elle était incapable de faire !

- Et si jamais la personne est en retard ?
- Ah, que tu es maligne... La Voisin ne tolère aucun retard : à l'heure ou pas, dès que tu entends sonner, tu viens toquer trois coups. Cela te plait-il ?
- Oui da, madame !

Spontanément, Jehanne se jeta dans les bras de La Voisin qui, surprise, eut un sursaut. Elle passa la main dans les cheveux blonds de la petite fille et eut même un sourire sincère pour elle.

- Bon... je vais y aller... répète-moi les consignes... ».

Jehanne obtempéra et La Voisin, plus touchée qu'elle ne l'aurait voulu, se rendit dans son cabinet.

Ni elle ni Jehanne n'avaient vu Marie-Marguerite, dans un coin, les épier depuis un moment, les yeux pleins de colère : elle n'avait jamais eu la moindre marque de tendresse de la part de sa mère…

3

Paris, 1676

« Allez-y, mon amie, tirez une carte… une deuxième… et enfin une troisième… la première représente votre passé. La deuxième votre présent. La dernière sera votre futur. Experte dans l'art de deviner les émotions des gens, La Voisin préparait déjà ce qu'elle allait servir à la bourgeoise qui lui faisait face.

Tout d'abord, elle savait que sa cliente était une notable dont le mari, armateur, possédait une belle fortune. De par les ragots entendus à la messe de six heures, La Voisin avait rapporté que cette femme, amoureuse de son époux, se languissait de ce dernier et le savait volage. Depuis que les grossesses avaient épaissi son corps, son conjoint ne la touchait que rarement, juste pour accomplir ce qu'il se devait de devoir conjugal.

Bien que pratiquant un art réputé diabolique, La Voisin aimait profondément Jésus et priait le Très Haut plus qu'à son tour… et la messe n'était-elle pas le meilleur endroit pour faire son marché de ragots, nombre de commères préférant y aller pour dégoiser sur les uns et les autres, pour le plus grand plaisir de la devineresse ?

La Voisin connaissait le nom de son interlocutrice. Cela n'avait guère été compliqué de savoir de qui il s'agissait. Elle procédait, d'ailleurs, toujours de la même façon : elle laissait parler ses ouailles, assurait le secret de l'entretien puis passait à une première séance où elle disait ce qui lui passait par la tête en fonction de la moue de son client. Elle fixait ensuite un autre rendez-vous plus lointain et, entre, cherchait des informations sur les personnages venus la consulter… et, fatalement, que cela soit par Marie Bosse – une de ses « consœurs » à qui elle confiait de menus missions-, ou d'autres petites mains rétribuées de quelques pistoles, La Voisin arrivait toujours à savoir le pourquoi du comment…

Elle notait les précieuses informations dans de petits carnets qu'elle cachait sous le tapis ovale de son cabinet, entre deux lattes de bois cassées.

Jamais elle ne brulait ces derniers et seule sa fille, Marie-Marguerite, était au courant de leur existence.

La femme triste retourna la première carte et Le Chariot se révéla. Parfait, se dit La Voisin, exactement ce qu'il me fallait…

« Vous avez, par le passé, dû déménager à de nombreuses reprises, vous fatiguant au passage… votre mari, que je devine conducteur de ce chariot, est la cause de tous ces tracas…

\- Oh ! mais comment savez-vous cela ?

\- Les cartes me parlent, ma dame, et jamais, au grand jamais, elles ne me résistent… d'ailleurs, vous ne voulez plus de ce passé… les voyages ont cessé mais je sens que le cocher, lui, est toujours par monts et par vaux.

Au soupir que poussa son interlocutrice, La Voisin comprit qu'elle avait tapé dans le mille et que les informations recueillies à la messe étaient vraies.

Ce fut La Papesse qui apparut alors pour le présent de la femme et La Voisin, toujours de son regard fuyant, masqua un sourire.

« Mais vous m'avez rencontrée… et, présentement, nous travaillons ensemble pour savoir votre futur !

\- Oui, da… c'est exact…

\- Retournez donc la dernière carte.

La Mort, la sinistre Faucheuse se dévoila, faisant pousser un cri d'effroi à la femme de l'armateur.

« Calmez-vous ! l'admonesta La Voisin. N'a-t-on pas idée de s'affoler ainsi ! c'est une bonne carte !

\- Que… quoi ? une bonne carte ?

- Oui, da… elle est synonyme de changements. De grands changements. Et je sais que, en ce moment, vous hésitez à me révéler que votre vie est sur le point de basculer, n'est-ce-pas ?
- Oh ! fut tout ce que parvint à s'exclamer la cliente.
- Vous attendez un enfant… et vous ne savez pas comment faire car il n'est point de votre époux… et malgré vos calculs, vous savez pertinemment que jamais vous ne pourrez faire coïncider cette grossesse avec la lune !

La femme se mit carrément à pleurer tandis que La Voisin, elle, faisait son air triste et apitoyé… alors qu'elle pensait tout le contraire. Elle avait appris, par une petite servante, que le linge de sa maîtresse n'était plus souillé des menstrues depuis quelques temps. La Voisin avait remarqué la poitrine un peu épaissie de cette femme gironde et le visage arrondi… sa connaissance de la nature humaine avait fait le reste…

- Oui… vous avez raison, Madame de Montvoisin. J'attends un enfant mais je ne puis le garder… mon mari découvrirait l'affreuse vérité et… non, je ne puis me permettre…

- Votre époux est volage, les cartes sont claires. Pourquoi lui aurait-il le droit de s'amuser, de lutiner des putains quand vous, bonne âme que vous êtes, devriez rester bien sagement à la maison à l'attendre ?

- Mais parce qu'il est mon époux et…

- Et alors ? s'emporta la devineresse. Il ne reste qu'un homme, vous ayant délaissée au point que vous avez fauté, vous aussi ! Restez fière et droite, ma mie, car bien que vous portiez une robe de velours et n'ayez point de vît, vous n'en restez pas moins une femme de la bourgeoisie qui a le droit d'être aimée et respectée !

La Voisin n'en revenait pas d'avoir dit cela. Mais qu'elle détestait ces femmes qui se sentaient inférieures aux hommes ! et que détestait-elle ces bons hommes falots, sans saveur, qui pouvaient tout se permettre pendant que, elles, pauvres idiotes, devaient les servir ? à d'autres ! aimait-elle à penser.

« Ne pleurez pas, ma douce, dit tranquillement La Voisin en se levant pour se diriger vers l'armoire de son cabinet. Je vais vous aider… avez-vous deux louis sur vous ?

- Oui… pourquoi ?

- Attendez un instant…

La Voisin fouilla dans ses fioles, faisant mine de chercher alors qu'elle savait parfaitement où se trouvait le liquide abortif.

« Ah, le voilà… trois gouttes ce soir et le reste au réveil… demain soir, le fruit sera descendu, mort.

- Oh, mais je ne peux !

- Oh, mais vous le pouvez ! ricana La Voisin en se rasseyant.

Elle mit le petit flacon dans les mains tremblantes et froides de son interlocutrice et les referma sur le poison.

« Peut-être vous serait-il préférable de rencontrer une faiseuse d'anges, lorsque, d'ici quelques semaines, le fruit aura grossi ? minauda La Voisin.

- Non… non ! pas ça !

Elle savait parfaitement comment cela se passait, cette aiguille longue et sale que l'on enfonçait dans le ventre pour décrocher l'enfant ; la douleur devait être indicible… elle en avait vu, plus d'une de ses amies, passer entre les mains de ces femmes… elle en eut un frisson.

- Prenez donc ce remède… vous me remercierez plus tard…

La demie de trois heures sonna au loin et, aussitôt, trois coups furent frappés au cabinet de La Voisin.

Pour la première fois, cette dernière eut un bon sourire… Jehanne avait parfaitement compris comment fonctionnait l'organisation de ses séances.

Une petite pointe de fierté se ficha dans le cœur froid de cette femme dure aux idées bien arrêtées. Jamais elle n'aurait pensé, en ouvrant cette porte dérobée pour sortir, tomber sur une gamine qui aurait pu être-elle, quelques vingt années plus tôt.

Elle repensa vaguement à son enfance mais en chassa le souvenir tandis que la femme de l'armateur rajoutait les deux louis aux deux réclamés pour cette consultation approfondie comme aimait à l'appeler Catherine.

Elle mit sa capeline, afin d'éviter le froid du dehors alors qu'il faisait chaud ici, du bois ronronnant dans la petite cheminée allumée.

« S'il vous vient un doute, repensez à notre conversation de ce jourd'hui… et, surtout, prenez bien les doses prescrites… nous nous revoyons mardi en quinze, à la même heure… je vous laisse partir avec ma servante…

- Oui, da… merci ma dame.

- Tout le plaisir est pour moi, minauda La Voisin avec une petite révérence hypocrite et moqueuse.

La femme de l'armateur sortit et, sous la neige de cette fin février, suivit Jehanne jusqu'à l'intérieur de la maison…

La Voisin se leva et se dirigea vers le pot de grès lui servant de réceptacle à pièces. La journée avait été bonne : quinze louis ! mazette, c'était Pâques !

On toqua trois coups à la porte. N'attendant personne, La Voisin haussa un sourcil et gueula « entrez ! » sur un ton assassin. Elle détestait être dérangée dans sa comptabilité, elle qui avait manqué de tout et pour qui un sou était un sou.

- Ma dame, lui dit Jehanne, confuse, on a toqué à la porte pour vos consultations alors j'ai fait rentrer la personne… elle attend dans la cuisine. Pourtant, il me semblait que vous n'aviez plus de rendez-vous ce jourd'hui.

La mine désolée de Jehanne donna à La Voisin une bouffée d'affection qu'elle identifia comme étant maternelle. Jamais Marie-Marguerite ne lui avait fait cela…

- Tu as bien fait… comment est cette dame ?
- Elle marche tête baissée et est vêtue d'une capeline rouge qui la cache entièrement.

Avec une mine de chatte devant un pot de lait, La Voisin sourit. Cette cliente était spéciale et venait de Versailles… elle n'avait pas besoin de prendre rendez-vous…

-   Tu peux la faire venir… mais jamais tu ne dois lui parler, compris ?
-   Oui, da, ma dame ».

Avec l'innocence qui lui était propre, Jehanne repartit dans la cuisine et invita la mystérieuse femme à la suivre dans le cabinet de La Voisin…

4

« Si l'on m'avait dit un jour que je verrais Catherine de Montvoisin apprendre à une gosse à lire, j'en aurais ri aux larmes.

- Marie, tu peux la boucler si c'est pour m'ennuyer avec tes propos… la contra La Voisin, prise en plein moment de faiblesse.

Penchée sur une fable de La Fontaine, dont le roi était friand – et que pour sa part elle trouvait d'une niaiserie sans nom !-, Catherine apprenait à Jehanne à déchiffrer les lettres.

La Voisin détestait ces textes qui se moquaient, certes, de la royauté, de Dieu, des petits et des grands sous couvert de personnifications d'animaux ou d'arbres. Et les morales de ces historiettes la laissaient de marbre. De moral, elle estimait qu'il n'y en avait point à Versailles ou au vieux Louvre où l'on s'embrassait, lutinait dans tous les coins… et que dire de la vie de Monsieur, ouvertement homosexuel, ayant une cour de minets à sa disposition et que l'on disait fortement épris du Duc de Lorraine ?

Tout n'était que lucre, stupre et vicissitude à Versailles !

Catherine devait néanmoins reconnaître que la débauche ne la gênait guère : elle-même ne collectionnait-elle pas les amants ? n'avait-elle pas essayé, et apprécié, le vice italien ? et le vice allemand, n'avait-elle pas envie d'y goûter ?

Mais tout n'était que feutre à Versailles. Certes, l'on priait beaucoup, Marie-Thérèse d'Espagne, fort pieuse et catholique, imposait messe sur messe à son roi de mari qui, lui, préférait les couches de jeunes filles et de jeunes femmes... jeunes femmes dont certaines venaient à elle pour voir si l'avenir leur était favorable dans leurs royales amours !

Une fois, même, un valet était venu la consulter, voulant savoir si Monsieur tomberait enfin amoureux de lui et si Lorraine, un jour, se déciderait à mourir au combat...

- Quelle courtoisie... moi qui venait tenir salon avec toi.
- Nous ne sommes pas chez la marquise de Scudéry ni chez La Sévigné.
- Oh, tu sais, elles doivent discuter de ce qui arrive à la Brinvilliers...

Au nom de la jeune femme, arrêtée le 26 mars précédent à Liège, La Voisin se raidit.

Elle releva la tête et vit, qu'au dehors, le soleil brillait. Elle fit l'une des moues dont elle avait le secret puis envoya Jehanne jouer dehors, les adultes ayant à parler.

- Oui ma dame ! s'exclama avec un doux sourire l'enfant. Merci, ma bonne, de m'apprendre à lire !

Avec toute sa spontanéité habituelle, Jehanne se serra contre la robe rouge cramoisi de sa bienfaitrice puis sortit en faisant une petite révérence à Marie Bosse.

Cette dernière ouvrit la bouche, sa mâchoire du bas manquant tomber à même le sol.

- Quoi ? aboya La Voisin en posant son gros postérieur sur le banc avant de ranger la fable de La Fontaine parmi d'autres feuillets posés çà et là.
- Oh, rien…
- La Bosse, il me semble que tu as des enfants toi aussi… trois, de mémoire. Jamais ils ne te font pareil ?
- Oh, si… mais ils sont légitimes et…
- Jehanne est ma fille de cœur ! jeta La Voisin. Cela te va ?
- Et qu'en disent Antoine et Marie-Marguerite ?
- Le premier, tu dois le savoir, puisque tes cuisses accueillent son vit.

La Bosse rougit violemment. Bien que cela soit un secret de polichinelle, elle n'aimait pas lorsque La Voisin parlait ainsi de sa relation avec son propre mari.

« Détends-toi ! s'agaça Catherine en servant un verre de vin de Xérès à La Bosse. Tu me soulages d'un poids... Antoine n'est qu'une couille molle dont l'envie m'est passée...

Le langage cru et vulgaire de Catherine ne choqua point La Bosse, habituée qu'elle était à ce vocabulaire souvent ordurier... néanmoins, elle aimait bien Antoine Montvoisin qu'elle trouvait à son goût et assez bon au lit. Certes, il ne valait pas d'autres de ses amants mais elle aimait à prendre en bouche ce sexe long et fin avant de se laisser pénétrer de toutes les manières qui lui plaisaient...

- Quant à Marie-Marguerite, je ne sais ce qu'elle pense. Cette môme est aussi discrète qu'une ombre ! et ne parle jamais ! ah, ce mutisme ! bon, et donc, La Brinvilliers ?

- Elle va être jugée pour sorcellerie... le procès commence fin avril et elle va être soumise à la question le 17 à ce que j'en sais. Elle sera ensuite emmenée à la conciergerie...

- Tu en sais des choses...

- L'un des greffiers est de mes clients. Je lui ai fait son thème astral gratuitement en échange d'informations.

Marie Bosse était la plus grande et la plus connue des devineresses parisiennes. Officiellement, son cabinet n'accueillait que pour des consultations levant le voile sur le futur… mais, comme La Voisin, à qui elle rendait quelques menus services, ses activités étaient souvent d'autre nature.

« La Grange et l'abbé Nail sont aussi dans le collimateur de la justice. À Versailles, on parle de nommer La Reynie pour enquêter sur toutes affaires bien étranges.

- Ah, ce cher Nicolas…. il va nous en faire voir celui-là ! s'exclama La Voisin en se resservant.

- J'en ai bien peur. Rassure-moi, La Brinvilliers ne sait rien nous concernant ?

- Que nenni. Je n'ai jamais aimé cette femme… j'ai dû la croiser une ou deux fois mais nous ne nous sommes guères fréquentées… de plus, son histoire à faire pleurer dans les chaumières m'a vite agacée.

Marie soupira, plutôt d'accord avec La Voisin. La Brinvilliers avait été violée par son précepteur à l'âge de sept ans puis par son frère pendant des années… cela se savait de toutes et tous. Certains avaient en pitié la marquise, d'autres, comme La Voisin, trouvant sa propre histoire bien assez triste, s'en fichait.

- Il va nous falloir faire attention, lui dit La Bosse.
- Oh, mais je ne suis pas folle… de toute façon, je tiens, à Versailles, quelqu'un du haut du panier…
- Vraiment ?
- Oui, une femme prête à tout pour conserver l'amour du roi… et je pense qu'elle n'hésitera pas à me demander de l'aide si une adversaire se trouve un peu trop présente en cour ou veut lui voler son Jules !
- Tu ne me dirais pas son nom ?
- Que diantre ! certainement pas… considère qu'elle est un peu comme Lilith…

La Bosse avala son verre et tapa ce dernier contre la table, réclamant à nouveau à boire.

- Tu remarqueras, pour en revenir à cette oie blanche de Brinvilliers, qu'il faut être sot pour écrire des lettres de confession pour, ensuite, jurer sur tout ce qui bouge, qu'il ne s'agissait que d'un acte de folie.
- Aucun juge ne gobera ça. Elle va finir au bûcher. Avec un peu de chance, le

bourreau l'étranglera avant d'allumer le brasier.

Les deux femmes se turent. Marie avait, comme La Voisin, des registres et autres carnets qui pouvaient l'envoyer en place de Grève… d'un autre côté, vu le beau monde qui se pressait dans son « salon d'oracle », La Bosse s'estimait protégée… comme La Voisin grâce à cette femme à la capeline rouge qui lui achetait filtres d'amour et autres onguents prétendument magiques.

- Je pense que nous devrions faire davantage attention, lâcha Marie, un peu grise avec le vin de Xérès.

- Non pas ! comment allons-nous vivre si nous arrêtons nos commerces.

- Je ne dis pas d'arrêter totalement… peut-être limiter nos déplacements et nos interactions, notamment celles nocturnes.

La Voisin soupira, agacée. Cela était le bon sens même. Maintenant qu'une tête allait tomber, d'autres suivraient. Elles n'étaient pas seules à pratiquer ce que l'on nommait, à Versailles, la sorcellerie… mais contrairement à La Grange ou La Vigoureux, elles avaient une clientèle importante et pratiquaient des rites particuliers.

- Je vais arrêter les messes noires pour un moment, alors… mais la demande est forte…
- Oh, je le sais… mais je sais aussi que, dans les tripots de Paris, certains hommes commencent à éventer les disparitions d'enfants et de nourrissons.
- Il ne manquerait plus que cela ! une révolution populaire ! calmons le jeu, en effet, mon amie…

La Voisin les resservit en Xérès et elles trinquèrent… encore et encore jusqu'à ce que La Bosse, complètement ivre, reparte par la porte dérobée donnant sur l'angle de la rue Beauregard.

- Regardez, ma dame, ce que j'ai cueilli pour vous ! s'exclama alors Jehanne, rentrée maintenant que le ciel couvait un orage ».

Quelques coucous précoces furent offerts à La Voisin qui, soûle, elle aussi, eut le cœur qui se serra… l'alcool aidant, elle s'agenouilla et embrassa la petite fille, toute contente de son cadeau… ni l'une ni l'autre ne virent Marie-Marguerite les observer…

5

Paris, 1676

Catherine était à moitié soûle et une migraine commençait à la prendre derrière son œil droit lorsqu'on toqua à la porte de son cabinet.

« Quoi ? aboya-t-elle, de méchante humeur.

Depuis la fin du souper, qu'elle avait pris seule avec Jehanne, Antoine étant de sortie, La Voisin s'échinait à faire le thème astral de l'un de ses clients. Oh, il n'y avait là rien de sorcier : à partir de la date de naissance et de l'heure, La Voisin réalisait la carte du ciel, comme on l'appelait, du moment de la venue sur terre du demandeur... positions des planètes, heure de l'accouchement, et autre orientation de la terre étaient nécessaires pour réaliser ce thème.

Catherine avait quelques bons bouquins lui permettant de savoir, à peu près, de quelle couleur était le ciel à certaines périodes passées... pour le reste, lorsqu'elle ne savait pas, elle comblait les trous au gré de sa fantaisie... et de ce que voulait entendre le client...

Celui qu'elle réalisait lui donnait du fil à retordre, certains signes ne s'alignant pas

41

comme elle l'entendait. Il lui fallait diviser la carte du ciel en douze maisons, les six premières représentant le passé, les six suivantes le futur. Grâce à cela, elle prétendait dresser la personnalité du demandeur mais, ce soir, elle n'y arrivait pas.

Foutues positions astrales, jura-t-elle *in petto*. Comme si les planètes avaient quelque chose à voir avec l'insipidité et la bêtise de ces drôles qui me mangent dans la main !

Sa colère retomba lorsqu'elle vit Jehanne ouvrir la porte et patienter sur le palier. Cette petite est décidément parfaite, se dit La Voisin, regardant au dehors, voyant les étoiles remplir un ciel dégagé.

La lune, gibbeuse en cette fin mars, donnait une certaine luminosité au jardin des Montvoisin. Bien entretenu, grâce à un journalier qu'elle payait en nature, comme elle aimait à dire, le jardin sentait les premiers effluves du printemps. Avant longtemps, le soleil ne se coucherait plus aussi tôt et l'on pourrait manger au jardin… et l'été arriverait avec ses sorbets dont raffolait Catherine.

- Ma dame, je suis navrée de vous déranger mais l'on a frappé à la porte…

La porte signifiant pour les deux femmes celle dérobée dans l'angle de la rue, il devait s'agir d'une urgence.

« Une dame, que je n'ai point vue tant sa capeline cache son visage, m'a demandé de vous donner ce billet.

Dégrisée, La Voisin demanda à Jehanne d'approcher. Qu'elle était fière de sa protégée qui, jour après jour, apprenait de nouveaux mots, de nouvelles tournures de phrases !

Elle prit le bout de papier et haussa un sourcil. Son regard n'avait plus rien de fuyant, à présent, et sa migraine était reléguée aux calendes grecques à la lecture de l'écriture fine et délicate la suppliant de venir…

- Nous partons, dit-elle simplement à Jehanne. Prends une besace et mets-y deux ou trois linges plutôt larges… réveille le cocher, nous avons à faire.

- Vous êtes sûre d'avoir besoin de moi ?

- Oui, il est temps que tu comprennes ce pourquoi je suis connue par toute une partie de ce beau monde dont certains viennent jusqu'ici pour me voir… j'ai dans l'idée de faire de toi mon assistante…

Et de t'envoyer à Versailles d'ici peu pour me servir d'intermédiaire… se garda de dire Catherine.

Jehanne sentit son cœur bondir dans sa poitrine et ce fut presque en courant qu'elle regagna la maison.

La Voisin ne circulait qu'en carrosse depuis qu'elle avait fait fortune. Luxe ultime, elle n'aimait rien tant que de pavoiser dans le véhicule ne serait-ce que pour aller s'acheter une nouvelle robe ou se rendre à la messe dominicale...

N'avait-elle pas, d'ailleurs, demandé à son homme à tout faire de lui servir de cocher en sus de ses missions près son mari ?

La Voisin sortit de l'une des caches de son bureau son nécessaire, comme elle l'appelait, comprenant des aiguilles de différentes tailles. Elle déchira le billet, le mit dans l'âtre où ne restaient que quelques vétilles et sortit de son cabinet.

Elles montèrent dans le carrosse, attelé à la hâte et traversèrent Paris pour arriver dans un hôtel particulier, cossu, de l'est parisien.

Jehanne savait à peu près où se situer, ayant arpenté les rues de la capitale encore et encore à la recherche de pièce ou de nourriture. Le coin était réputé riche et habité par des noblions, des gens bien en cour, des commerçants, des négociants aux différents comptoirs.

Connaissant son monde, Catherine descendit et contourna le petit manoir pour passer par la cuisine. Avec surprise, celle qui ouvrit était la même qui avait porté le message... comment cette ombre, toujours cachée sous sa capeline, avait-elle fait pour arriver avant elles ici.

- Madame vous attend, murmura-t-elle.
- Jehanne, viens avec moi. Ne dis rien, ton rôle aujourd'hui sera juste de regarder et, éventuellement, de m'assister si les choses tournent mal… si l'on t'interroge un jour, tu étais dans ton lit et tu m'as apporté…
- Une tisane pour vous aider à trouver le sommeil, sourit innocemment la gamine.
- Bien… guide-nous, ordonna Catherine à l'ombre.

Tout était éteint dans la maison, se ce n'était le bougeoir que tenait ce qui devait être la servante de céans qui les menait à travers un couloir puis un escalier et enfin une chambre.

Une femme aux cheveux couleur miel, au visage ravagé par les larmes et au corps légèrement arrondi de celles qui attendent un enfant, faisait les cents pas.

- Oh, ma bonne ! ma douce Catherine ! vous êtes venue !
- Oui, da…
- Et elle ? demanda avec dédain la femme, qui est-elle ?
- Mon assistante. Je la forme à ma succession.
- Oh, vous allez donc nous quitter ?

- Non pas mais mon travail demande des années d'apprentissage !

C'était un mensonge qu'aimait à servir Catherine car elle avait toujours appris les choses sur le tard, travaillé à l'instinct et, surtout, lu nombre d'ouvrages…

« La potion n'a pas marché ? demanda Catherine.

- Je n'ai pas pu me résoudre à la prendre.

- Et voilà où vous en êtes ! gronda La Voisin. Vous l'auriez bue que vous n'auriez pas à souffrir comme vous allez souffrir !

- Je le sais… Mahaut, laisse-nous ! intima-t-elle à la servante qui s'éclipsa.

- Bien, allongez-vous… avez-vous de l'alcool fort ?

- Je… oui, du rhum il me semble que mon époux ramène de ses voyages… je vais sonner Mahaut.

- Parfait. Allongez-vous et détendez-vous, Jehanne va vous tenir la main…

La môme obéit docilement et tandis que la jeune femme s'alitait, Mahaut arriva, reçut l'ordre de ramener l'alcool et repartit.

Jehanne observa la pièce. Il s'agissait d'un boudoir, très certainement, où tout n'était que velours rouge et noir. Une causeuse était posée dans un coin de la pièce. Un miroir ovale trônait sur une écritoire où s'entassait une pile de feuillets. Aux murs, des tableaux représentant des scènes de la vie quotidienne aux champs ou au bord d'étangs étaient censés égayer l'endroit. La cheminée, éteinte, complétait le décor.

Allongée sur une banquette rouge, la femme écarta les cuisses révélant ainsi son intimité à Catherine qui, le regard fuyant, n'y prêta pas le moindre intérêt.

Mahaut était revenue déposer la bouteille d'alcool et sa maîtresse lui avait ordonné de fermer des rideaux et d'allumer des candélabres, qu'on y voit clair.

- Tu peux disposer, lui dit simplement sa maîtresse.
- Bien, ma dame…
- Elle est fiable ? questionna Catherine.
- Oui da… elle sait que je vous consulte mais, aussi, que j'attends un enfant… oh, que je me hais ! explosa-t-elle alors en larmes.
- Ne commencez pas à gémir et buvez au goulot plutôt…

Docilement, elle obtempéra et, grimaçant sous la brulure de l'alcool, manqua tousser.

- Tiens-lui la main, je vais faire descendre le fruit…

Jehanne saisit peu à peu ce qu'il se passait : la dame, allongée et qui commençait à avoir l'alcool qui lui montait à la tête, était grosse et Madame allait lui retirer l'enfant ! n'était-ce pas interdit ? oh, elle en avait connu des faiseuses d'anges qui faisaient ça de manière clandestine à l'arrière d'un bordel ou d'un tripot…

Avec innocence, Jehanne se dit que Catherine faisait au moins ça proprement, passant les aiguilles en fer sur la flamme d'un candélabre… et ne permettait-elle pas à la parturiente de ne pas souffrir grâce à l'alcool bu ?

« J'y vais… si vous avez mal, mordez dans un oreiller ou un ce qu'il vous plaira ! ».

Et, sans plus de douceur ni de cérémonie, Catherine de Montvoisin enfonça l'aiguille dans le ventre de l'épouse adultère perçant ainsi la poches des eaux avant de triturer les entrailles de cette dernière provoquant ainsi une fausse couche.

Elle parvint aisément à décrocher le fœtus qu'elle récupéra et qu'elle enfoui dans des linges.

Parfait, se dit La Voisin tandis que l'avortée se mettait à pleurer, parfait pour un filtre d'amour…

Insensible aux larmes, elle se contenta de faire boire une fiole à la femme qui, peu de temps après s'endormit. Catherine rangea alors ses outils et sortit de la chambre avant de repartir, avec Jehanne, tandis qu'au loin un clocher sonnait deux heures du matin…

6

Paris, 1676

« Vous ne trouvez pas cette enfant bien trop jeune pour vous aider ? demanda benoitement Antoine à son épouse.

- Oh, la paix Montvoisin ! si je vous demande l'heure, vous saurez me la donner !

- Ah mais que vous êtes ingrate à me répondre comme cela !

Le couple se tenait dans le salon d'apparat de la belle demeure de la rue de Beauregard. La Voisin avait reçu bon nombre de clients ce jour là et était vannée... n'avait-elle pas répété une dizaine de fois la même chose pour rassurer ses ouailles ? les questions tournaient toujours autour de la même chose : l'argent, l'amour, la peur du départ de l'être aimé... oh, elle se disait devineresse mais elle savait que ce talent n'existait nullement... ou peut-être chez quelques personnes choisies par le Seigneur... pour sa part, il s'agissait simplement de faire rentrer l'argent facilement dans ses caisses.

Aussi, afin de se détendre, Catherine avait passé une jupe en lainage grossier et ôté son éternelle bonnet de toile. Assise dans une causeuse, elle buvait un énième verre de vin de Porto en regardant au dehors. Le jardin était en fleurs, Avril avait amené douceur et le soleil faisait profiter les plantes de ses doux rayons. D'ici peu, il faudrait faire venir Mathieu, le jardinier… le valet-cocher-homme à tout faire de La Voisin n'ayant guère la main verte et faisant crever les plantes, il avait fallu trouver une solution… et Mathieu avait un atout de taille entre les jambes et pilonnait La Voisin avec brusquerie pour le plus grand plaisir de cette dernière.

- Moi, ingrate ? siffla Catherine en regardant son époux d'un œil noir.

Antoine sentit une boule se former dans sa gorge. Ce regard, mauvais comme la peste, qui vous scrutait l'âme… un frisson le parcourut alors.

« Je vous rappelle, cher ami, que vous devez votre train de vie à votre ingrate de femme. Dois-je vous rappeler que vous êtes à ma charge permanente ? que vous ne valez rien sans moi ?

- Je suis bijoutier et…

- Ah, la belle affaire ! le coupa-t-elle en ricanant méchamment. Un bijoutier sans commerce qui passe ses journées à boire et à tremper son biscuit dans n'importe quel con !

- Oh ! mais pourquoi être toujours si vulgaire ?
- Mais parce que c'est la vie ! vous préféreriez que je vous parle comme à Versailles, peut-être ?
- Non pas, mais vous pourriez faire un effort… je vous rappelle que notre fille est encore sous notre toit… nous ne pouvons lui infliger pareilles horreurs…

Catherine éclata franchement de rire. Cet homme était vraiment d'une bêtise sans nom ! croyait-il vraiment que leur fille était innocente au point de ne rien connaître de la vie ? elle approchait quinze ans et, déjà, avait été déflorée par un sien cousin l'été passé… cela s'était fait naturellement, les deux jeunes en ayant envie… mais le don de physionomie de La Voisin lui avait fait comprendre ce que le corps de Marie-Marguerite avait subi… lèvres un peu gonflées par trop de baisers, cheveux un peu en pagaille, regard un peu honteux et un peu brillant, joues légèrement rougies… il n'en avait pas fallu davantage à sa mère pour comprendre ce qu'il s'était passé durant « la balade » avec le cousin.

- Sans moi tu n'es rien, lâcha Catherine en se resservant un verre. Sans moi, tu serais à la rue, comme un indigent, attendant qu'un carrosse passe et que le voyageur lance des pièces pour les mécréants… alors tout doux mon ami et évite de monter sur tes grands chevaux veux-tu ?

- Je ne suis pas rien… se défendit mollement Antoine, maté, comme d'ordinaire.

- Ah bon ? dans ce cas, donne de ton argent à Jehanne pour qu'elle aille au marché avec notre servante ! et paie ses gages à cette dernière…

La vérité et la justesse des paroles firent soupirer Antoine qui s'assit sur une chaise au siège empaillé.

- Vous avez raison… je ne supporte pas cet état de fait, c'est tout.

Surprise, La Voisin le regarda et, pour la énième fois depuis leur mariage, son époux lui fit pitié.

Elle s'était mariée avec lui non pas par amour mais par raison : à l'époque, Montvoisin avait plusieurs boutiques et gagnait plus que bien sa vie. Elle, pauvre fille qui mendiait pour survivre et se disait chiromancienne afin de toucher quelques pistoles, avait trouvé dans cet homme de son âge une sorte de porte de sortie de la misère vers une autre vie…

Au début, Catherine avait pris sur elle. Oh, certes, accomplir le devoir conjugal ne la dérangeait en rien : elle avait, depuis ses

douze ans, une pratique régulière du sexe… parfois, cela était contre quelques pièces lorsqu'un vieillard voulait tripoter son corps déjà charnu de toute jeune fille. Souvent, c'était par plaisir qu'elle s'adonnait au vice…
Elle était rapidement tombée enceinte d'Antoine tandis que ce dernier, faisant de mauvais investissements, se retrouvait endetté au point tel qu'il lui fallut vendre une puis deux puis trois de ses boutiques…
Heureusement, sentant la ruine venir, Catherine s'était remise à lire les lignes de la main pour faire bouillir la marmite… heureux hasard pour le ménage s'il en était, les affaires d'Antoine avaient périclité tandis que celles de Catherine marchaient à fond de train.
Le couple avait alors déménagé céans et vivait des prédictions et autres potions de Catherine.

- Que tu le supportes ou non, c'est un fait… et ne te plains pas trop, je te laisse avoir autant de maîtresses qu'il te sied.

- Mais ce n'est pas une vie ! ne nous sommes nous pas dit pour le meilleur et pour le pire ?

- Le pire est passé, mon bon ami. Aujourd'hui, nous avons un toit, des gens de maison et une vie plutôt confortable. Je serais vous j'arrêterais de me morfondre et je profiterais un peu plus des joies de la vie ! ».

Antoine était perdu… aimait-il encore Catherine ? peut-être… mais celle du début, qui était douce, gentille, avenante et parlait autrement que crûment… il se leva et monta dans sa chambre où il but pour oublier jusqu'à s'écrouler d'alcool dans le lit marital.

7

Paris, 1676

Bien que les matins soient encore frais en ce mois d'avril, Jehanne avait pour ordre d'ouvrir en grand toutes les fenêtres de la maison afin de faire circuler l'air et de chasser les humeurs.

Ensuite, elle devait épousseter la demeure, passer le balai puis, enfin, préparer le repas de Catherine. Rien de bien compliqué, la grosse femme ne se nourrissant que de patates, de choux et de viandes rôties ou en sauce.

Naturellement, Catherine avait expliqué comment faire à la gamine qui, désormais, savait laisser mijoter le paleron, blanchir le chou, bouillir les patates.

La Voisin était partie à la messe et avait prévenu qu'elle ne serait pas de retour avant le souper[1]. Elle devait visiter une « patiente » qui se remettait péniblement d'une « aide à faire tomber un fruit ».

Jehanne commençait à comprendre le langage feutré de sa bienfaitrice. Tout n'était, ici, qu'euphémismes, propos adoucis, mots simples et doux pouvant signifier le pire.

---

[1] Actuel déjeuner

Jehanne qui, maintenant, alors qu'elle avait douze ou treize ans, ne sachant plus quand elle était née, savait lire et écrire.

Jehanne qui avait repris ses kilos, perdus dans la misère, retrouvé un teint de porcelaine, des joues rebondies.

Jehanne qui avait décidé d'être, à jamais, au service de Catherine de Montvoisin.

Depuis quelques semaines, elle prenait des initiatives comme acheter des oublies dont sa mère de cœur était friande. N'ouvrait-elle pas la porte sans trembler, désormais, pour accompagner les clients de sa bonne étoile ?

De plus, elle avait une confiance désormais absolue en Catherine. Elle avait attrapé un mauvais rhume qui l'avait contrainte à garder la chambre trois jours. La Voisin lui avait préparé des emplâtres pour dégager les bronches, une potion pour l'aider à dormir paisiblement, une boisson au goût un peu amer pour chasser les mauvaises humeurs.

Jehanne savait que certains médecins aimaient à pratiquer des saignées sur leurs patients afin de laisser le mauvais sang sortir du corps malade… Catherine avait ricané en traitant de bons à rien de la Faculté ces hommes qu'elle nommait escrocs, tout juste bons à affaiblir leurs malades…

Elle en était là de ses pensées lorsqu'elle pénétra dans la chambre de Marie-Marguerite, absente de céans, occupée qu'elle était avec son précepteur.

Marie-Marguerite était discrète et effacée, apprenant avec sérieux la littérature, la philosophie et même, disait Catherine, les mathématiques et l'algèbre.

Un soir qu'elle était soûle, Catherine avait révélé à sa protégée qu'elle voulait que sa fille ait l'instruction qu'elle-même n'avait jamais eue…

Elle lui avait alors parlé de son passé misérable, de son enfance durant laquelle, pour survivre, elle avait dû faire la manche et jouer les devineresses avant même de savoir parfaitement lire et compter.

La Voisin s'était tue, perdue dans ses sombres souvenirs. Jehanne avait pensé que Catherine avait, peut-être, vécu des choses plus scabreuses encore mais n'avait osé la questionner… elle savait sa dame parfois colérique et violente lorsque le Xérès, l'hypocras ou le vin de Porto lui montait à la tête…

La chambre de Marie-Marguerite comprenait un lit une place à baldaquin que des tentures rose en velours permettaient de fermer à la vue des autres. Une commode, contenant ses vêtements, faite en bois de chêne, lui faisait face et sur ce dernier trônaient des onguents, des parfums et des fioles de sent-bon. Au mur, quelques tableaux représentant des scènes de campagne. Une imposante maison de poupée était posée à même le sol à côté d'un paquet de linge.

Jehanne savait devoir prendre ce dernier pour, ensuite, le laver à l'aide de charbon et de cendres lors des buées mensuelles… elle trouvait néanmoins que Marie-Marguerite aurait pu faire un effort en mettant ses affaire sales dans le panier en osier prévu à cet effet.

Jehanne ne se leurrait pas, elle savait parfaitement que la fille de Catherine ne la portait pas dans son cœur. Elle avait identifié ce sentiment comme étant une forme de jalousie contre laquelle elle ne savait pas lutter… et n'en n'avait pas la moindre envie !

Elle préférait, quelque part, sa situation à celle de la fille Montvoisin qui était privé de l'amour de sa mère. Pas besoin d'être voyante pour s'en apercevoir… Jehanne avait le droit à des caresses, des sourires, parfois, même, un baiser sur la joue… jamais elle n'avait vu Catherine agir de la sorte avec sa fille.

Jehanne commença son ménage et ramassa le linge, fit le lit, referma la fenêtre ouverte depuis plus d'une heure et allait quitter la pièce lorsque son regard fut attiré par la maison de poupée. Marie-Marguerite l'avait laissée entrouverte elle qui, d'ordinaire, la fermait toujours.

Jehanne reposa son paquet et allait fermer la miniature lorsque ses yeux aperçurent un carnet dépassant d'un peu de sous le lit.

Elle aura sans doute oublié son livre de grammaire, se dit-elle en se penchant pour le ramasser.

Elle allait pour le reposer avec les autres sur la commode lorsque la curiosité la prit. Cela ne pourrait que l'entrainer à lire, une fois de plus…

Jehanne ouvrit le livre et découvrit l'écriture fine et penchée de Marie-Marguerite. Les pages, datées, étaient des résumés de sa journée. Un journal, se dit Jehanne, mue par une curiosité toute normale pour son âge.

Elle parcourut rapidement les premières pages et réprima un frisson. Ce qu'écrivait Marie-Marguerite pouvait porter à conséquence si jamais le cahier tombait en de mauvaises mains… elle se décida alors. Elle n'avait pas le temps de parcourir maintenant l'ensemble du carnet !

Habituée à avoir les oreilles aux aguets, sachant voler et s'évaporer comme on le lui avait appris lorsqu'elle dépouillait de leurs bourses les parisiens, elle tendit ses écoutilles pour s'assurer qu'il n'y avait personne et fit disparaître le carnet dans sa jupe. Elle le lirait plus tard… et protégerait Catherine de Montvoisin dont le nom était cité à toutes les pages du journal que Jehanne avait eu le temps de parcourir…

Elle referma la porte et sortit de la pièce, un air parfaitement innocent affiché sur son visage.

8

Paris, 1676

À Notre-Dame-de-la-Bonne-Nouvelle, toujours vêtue de son éternelle robe rouge cramoisi, Catherine écoutait le curé appeler ses ouailles à plus de bonté et de charité envers les nécessiteux, les mendiants, les moribonds. Pâques arriverait bientôt et il faudrait célébrer la résurrection du Christ et, avec, faire preuve de partage, d'actions de grâce, de générosité.

Et puis quoi encore, s'agaça Catherine, avec dégoût. On ne m'a jamais aidée étant enfant, ce n'est pas pour commencer maintenant !

Il n'était pas six heures et quart et, déjà, La Voisin avait récolté un nombre important d'informations. Le fruit de la femme de l'armateur était passé et l'on disait la dame inconsolable. La petite servante parlait d'un malheur, pour sa maîtresse, que d'avoir perdu un enfançon.

Pauvre créature stupide, songea Catherine en se levant à l'appel du curé. Ta maîtresse a été se faire culbuter ailleurs et en paie les conséquences… si elle n'aime plus son négociant de mari, qu'elle vienne me trouver, je saurai lui donner de quoi s'en débarrasser !

62

Derrière elle, elle entendit un froissement de jupe ainsi qu'un petit toussotement. Instinctivement, elle se retourna et découvrit Marie Bosse, son visage en forme de cœur aussi fermé que possible.

Catherine sortit de sa rangée et se retrouva assise à côté de la Bosse tandis que le ministre du culte continuait son office.

« Te voir ici, Marie, me retourne les sens, dit avec sarcasme La Voisin.

- La paix Catherine. Je voulais venir te trouver chez toi mais je te savais ici dès potron-minet.

- Que se passe-t-il ? s'alarma Catherine.

- La Reynie et sa clique vont faire tomber le sieur de Pannetier. La mère Vosser l'accuse d'avoir empoisonné son époux…

- L'ancien receveur du Clergé de France ?

- Oui, da.

- Mais tout le monde sait qu'il est mort d'un mal généralisé !

Catherine avait haussé le ton, faisant tourner les regards de vieilles femmes et autres servantes vers elle.

Le regard qu'elle leur jeta fit retourner les commères vers le prêtre qui, à présent, s'apprêtait à offrir le corps et le sang du Christ.

Bien que la venue de La Bosse l'intriguât et, au final, s'avérât utile, La Voisin n'aimait pas être dérangée durant les offices. Certes, elle venait ici pour glaner, au passage, des ragots, faits et gestes qui pouvaient lui être utiles mais elle se rendait à l'église pour prier, très pieuse qu'elle était.

- Il a été empoisonné, affirma La Bosse.
- Que Diantre ! mais cette affaire remonte à sept ans maintenant !
- Oui, da… mais la marquise de Brinvilliers a déclaré aux enquêteurs qu'il s'agissait d'un meurtre par le poison… ce n'est qu'une affaire de jours ou de semaines avant qu'il ne soit emprisonné…
- Cela n'arrange pas notre situation, maugréa Catherine. J'ai un office de prévu la semaine prochaine.
- Combien ?
- Cent pistoles… et cent de plus si je trouve un nourrisson pour ensanglanter la demanderesse.

Marie Bosse fit la moue. Elle ne pratiquait guère les messes noires, se contentant de fioles d'arsenic ou de potions à base de bave de crapauds, d'ailes de chauve-souris réduites en poudre, de mues de couleuvres.

- Tu devrais faire attention… La Brinvilliers n'a plus rien à perdre. Je te rappelle que le valet du chevalier de Sainte-Croix, La Chaussée[2], a été écartelé en place de Grève pour complicité et tentative de meurtre sur le roi !

- Tu me parles d'une affaire datant de quatre années…
- Oui mais là où tu fais erreur, c'est que, en se faisant prendre dans son couvent de Liège, La Brinvilliers a rouvert une plaie et je te parie sur ce qu'il te plaira qu'avant longtemps, il y aura une véritable chasse aux sorcières dans tout le royaume.

Le bon mot aurait, d'ordinaire, fait sourire Catherine. La sorcellerie était le mal de ce siècle de Dieu mais se faisait sous couvert d'anonymat et était tue malgré le fait qu'il s'agissait d'un secret de polichinelle… mais, maintenant que l'une des plus grandes empoisonneuses avait été arrêtée, il était à craindre que l'on cherchât noise aux autres.

« Son procès sera truqué, continua La Bosse. Elle est condamnée d'avance… restera à savoir si elle parlera.

- Tu as déjà commercé avec elle ! comprit alors La Voisin.
- Oui, da… nous avons, une ou deux fois, échangé des potions contre quelques louis.

---

[2] De son vrai nom Jean Hamelin.

- Désolé, mais cela ne me concerne en rien Marie…

- Oh que si… car si je tombe, tu tombes.

Catherine ouvrit la bouche, muette de stupeur. Certes, elle n'était guère amie avec La Bosse à laquelle elle confiait de petites missions… mais jamais elle n'aurait pensé, un jour, devoir se méfier de la maigre femme aux robes éternellement noires…

- Sale petite vipère ! siffla Catherine, tandis que le curé appelait ses paroissiens à aller dans la paix du Christ.

Catherine se leva, se signa et se dirigea vers la sortie, La Bosse sur ses talons.

- Je ne te dis pas cela pour te faire peur, reprit cette dernière, juste pour te prévenir que nous sommes en danger…

- Parle pour toi ! pour ma part, je n'ai rien de compromettant qui permettrait de me faire juger ! et je connais du monde… qu'ils essaient de m'arrêter et l'on verra combien de temps il me faudra pour sortir de la Conciergerie ! brisons là, Marie… lorsque tu auras retrouvé tes esprits et cessé ton chantage, nous verrons pour reprendre notre commerce comme nous l'avons toujours fait ! ».

Alors, un grondement de tonnerre se fit entendre, faisant sursauter La Bosse. Elle qui ne croyait guère au divin se demanda, pour la première fois de sa vie, si cette démone de La Voisin ne jouissait pas d'une protection diabolique…

9

Paris, 1676

Le carrosse avait filé à toute allure depuis son départ de la rue de Beauregard. À l'intérieur, Catherine de Montvoisin, toujours pareillement vêtue, tenait contre elle une besace en cuir épais. Jehanne luttait contre le sommeil que le cahin-caha du véhicule ne faisait rien pour arranger.

Mais n'était-ce pas elle qui avait insisté pour accompagner sa dame, comme elle l'appelait, par cette nuit de pleine lune, constellée d'étoiles ?

Les températures nocturnes, bien que douces, restaient fraiches et Jehanne avait mis un lainage par-dessus sa robe d'un bleu passé.

Le matin même, La Voisin avait reçu un pli et avait demandé à Jehanne de lui préparer des affaires pour le soir…

Intriguée, Jehanne n'avait pas su tenir sa curiosité et avait demandé où allait, nuitamment, sa maîtresse.

Catherine lui avait vaguement répondu qu'elle avait à faire aux portes de Paris, ce à quoi Jehanne avait répondu qu'elle souhaitait se joindre à elle.

La Voisin s'était relevée d'une des malles dans lesquelles elle fouillait pour regarder sa pupille et avait fait une moue interrogative. Après tout, pourquoi pas ? s'était-elle dit.

On en était là lorsque le carrosse de La Voisin s'arrêta. Jehanne ouvrit la porte, descendit, s'étira en baillant et avisa le bois devant lequel elles stationnaient.

« Nous revenons bien vite, lança Catherine au cocher. Patiente dans un coin tranquille… Jehanne, ma petite, tiens mon sac.

-   Oui, da ma dame.

Jehanne s'empara du sac qui était moins lourd que ce qu'elle avait pensé et suivi Catherine qui battit briquet afin d'allumer une torche ramenée de chez elle.

- Allons-y !

La Voisin s'enfonça dans les bois, suivie d'une Jehanne un peu inquiète. N'était-elle pas dehors, à une heure indue, suivant Catherine dans une forêt à plusieurs lieues de la rue Beauregard ? les arbres, effrayants, ressemblaient à des êtres penchés dont les branches seraient des serres prêtes à la griffer, la saisir pour l'enfouir là où jamais on ne pourrait la retrouver.

Arrête ! s'admonesta-t-elle. Tu es avec dame Catherine, il ne va rien t'arriver ! ce n'est que ton imagination qui mouline !

« Nous y voilà…

Catherine et Jehanne pénétrèrent dans une clairière au milieu de laquelle trônait une pierre plate. Un prêtre, portant une croix inversée autour du cou, attendait, trois autres personnes avec lui, encapuchonnées dans des robes de bure noires.

- Vous voilà ! s'exclama le curé avec un sourire sans joie.

- Oui, da. Bientôt la mi-nuit. Nous allons pouvoir officier… que la dame s'avance !

L'une des ombres en bure fit un pas en avant et abaissa sa capuche révélant des cheveux gris et un visage d'oiseau de proie.

- Je suis prête, dit la femme d'une voix ferme et sûre d'elle.

- Déshabillez-vous, ordonna le prêtre et allongez-vous sur l'autel de notre maître.

- Oui, da !

L'inconnue ôta son vêtement et le tendit à l'une des deux autres personnes encapuchonnées.

Jehanne ne distinguait pas leurs visages. Elle aurait été incapable de les décrire autrement que comme des ombres ou des moines sans visage, tenant torche dans la main droite et chapelet, pour l'un, bure de la femme pour l'autre, dans la main gauche.

Au fond d'elle, Jehanne sentait que quelque chose se préparait. Quelque chose d'important pour tous les protagonistes. Et, sans savoir pourquoi, elle se sentit privilégiée, au premier rang d'une pièce de théâtre où une humaine tenait le premier rôle en s'allongeant, nue, sur la pierre froide.

- Commencez, l'abbé ! ordonna La Voisin en se rapprochant. Jehanne, reste à côté de moi et tends-moi la besace lorsque je te le demanderai.
- Oui, da ma dame !

La femme allongée colla ses bras à ses hanches étroites tandis que le curé posait sa main sur son pubis avant de la faire descendre entre ses cuisses, provoquant un gémissement chez l'intéressée.

- Par Asmodée, roi des Enfers, notre maître, j'en appelle à toutes les forces de l'univers !
- Par Asmodée ! répétèrent la femme et les deux ombres.
- Par Lilith, reine des enfers, reine des putains, j'en appelle aux mystères de la noirceur.
- Par Lilith ! gémit l'allongée tandis que le prêtre la masturbait sans pudeur.

Jehanne avait le rouge aux joues mais la fascination pour l'instant prenait le dessus sur la gêne. Jamais elle n'avait vu scène aussi impudique. Cela lui provoqua un émoi qu'elle ne comprit pas, une sensation de papillons dans le bas du ventre mêlée à une angoisse sourde.

Le curé enfonça carrément ses doigts dans la femme, la faisant crier. Ce n'était pas un cri de douleur, comme le constata Jehanne, mais un son de plaisir pur, brut.

-   Passe-moi le sac, ordonna Catherine.

Hypnotisée, Jehanne tendit la besace à sa maîtresse qui l'ouvrit et en sortit un paquet emmailloté dans des draps blancs.

Un hoquet de surprise surgit de la gorge de Jehanne lorsqu'elle vit qu'il s'agissait d'un nourrisson, mort depuis quelques temps compte-tenu de sa couleur blafarde et de son corps tout rigide.

« Regarde, et apprends ! lui lança Catherine.

Les deux ombres posèrent leurs torches au sol, les enfonçant dans ce dernier puis s'approchèrent de la femme qui, toujours, se faisait fouiller les entrailles. L'un se positionna derrière elle et s'empara de ses bras tandis que l'autre lui maintenait les chevilles en lui écartant les cuisses.

« Que le bal de Lilith commence ! s'exclama La Voisin.

Elle posa le nourrisson mort sur le ventre de la femme, fouilla dans son sac et en sortit un couteau.

« Que le sang de cet innocent sacrifié vous redonne l'amour perdu.

« Que l'âme de cet enfant défunt vous rapporte gloire et fortune.

« Que ce rite ramène à vos pieds l'être aimé !

- Amen ! s'exclama le curé.

- Amen ! renchérirent les deux ombres.

- Amen ! souffla la dame.

Le prêtre accentuait sa pénétration la faisant gémir, de plus en plus fort et de plus en plus vite.

Catherine trancha alors la gorge du bébé mort et un peu de sang s'écoula sur le corps de la femme qui se mit à émettre des sons rauques de jouissance. Le curé la menait lentement à l'orgasme tandis que l'hémoglobine du sacrifié sur répandait sur ses seins, son ventre, ses cuisses grâce aux mains de La Voisin qui l'étalait.

- Danse, âme damnée, danse au bal donné en l'honneur de Lilith ! ordonna La Voisin.

- Oui ! hum ! humpf ! humpf !

- À ton tour, l'abbé !

Le curé ne se le fit pas dire deux fois et ôta ses doigts du con de la femme avant de soulever sa soutane dévoilant des jambes grêles et un vit épais bien dressé.

« Baise-là, cette putain du Diable, et que ta semence, mêlée au sang de cet innocent fassent s'accomplir tous ses souhaits !

Aussitôt, l'homme de Dieu se hissa sur la pierre plate, pénétra la femme qui gémit tandis que Catherine retirait l'enfant mort, vidé de son sang.

Jehanne était dans un état second. Jamais elle n'avait vu pareille scène… un enfançon, mort, jeté par terre comme un paquet de linge à emmener aux buées. Un prêtre, à la croix inversée, ses bures relevés dévoilant des fesses blanches, en train de pilonner une femme ensanglantée, tenue aux quatre extrémités par deux ombres… en plein milieu d'une clairière éclairée par des flambeaux…

- Par Lilith ! par Asmodée ! je vais jouir ! s'exclama le curé.

- Que ta semence se répande dans le ventre de cette femme ! que la cérémonie s'achève lorsque ses entrailles seront pleines de ton foutre !

- Ah ! cria la femme au moment où le curé, dans un spasme, éjaculait en ahanant.

En un instant, tout fut fini. L'homme de Dieu se retira, descendit de la pierre et se remit tandis que les deux ombres lâchèrent la dame qui, pleine de sang qui commençait à sécher et les entrailles humides reprenait son souffle.

- Puisse Lilith vous avoir entendue, murmura La Voisin en traçant un signe de croix inversé, à l'aide de sang, sur le front de la femme.
- Amen… balbutia cette dernière ».

Une des deux ombres ramassa le nourrisson et disparut dans la forêt afin de l'enterrer. La femme se releva, remit sa bure et sa capuche avant de tendre à Catherine et au curé une bourse pleine de louis.

La Voisin salua bien bas et tourna le dos à l'autel, disparaissant dans la forêt, comme s'il ne s'était rien passé, Jehanne sur les talons.

La gamine était dans un état second et réalisait qu'elle venait d'assister à sa première messe noire…

10

« Lorsque le carrosse sera stationné à l'orée du grand bois, tu suivras la grande allée menant à l'imposant château. Au bout de quelques toises[3], tu verras une immense fontaine représentant un homme avec un trident tendu vers toi. A ses pieds, de gros poissons et une sirène, tenant une corne d'abondance, cracheront de l'eau. Tu attendras là la demie de quatre heures.

- Oui, da, avait répondu docilement Jehanne.
- Une fille de ton âge viendra à ta rencontre. En échange de cette besace, elle t'en remettra une autre. Tu pourras alors faire demi-tour et rejoindre le coche qui te ramèneras céans.
- Fort bien, ma dame.

La Voisin avait donné cette mission à sa protégée afin d'en faire une parfaite assistante. Maintenant qu'elle savait comment se conduire en accueillant ses clients, avait assisté à une messe noire, n'était-il pas temps de lui confier de nouvelles attributions ?

---

[3] Une toise est égale à pratiquement deux mètres.

Marie-Marguerite, le nez dans son bol de lait, avait assisté à l'échange sans moufter. Dieu qu'elle était jalouse de cette gamine qui avait toute l'attention de sa mère ! qui avait tout ce qu'elle-même aurait rêvé d'avoir ! tiens, qu'elle crève en tombant du carrosse ! s'était prise à penser la fille Montvoisin.

On en était là, par un bel après-midi de Juin lorsque Jehanne descendit dudit carrosse de sa maîtresse, arrêté en lisière du parc royal et caché par de gros arbres. Son cœur battait la chamade. Elle savait, du haut de ses treize ans – âge décrété par Catherine-, qu'elle devait agir discrètement, La Voisin l'ayant informée de ce qu'était Versailles, sa cour, ses gens…

Le soleil brillant, çà et là des femmes, élégamment vêtues de robes de brocards à manches gigot pour certaines, se promenaient en se tenant bras dessus, bras dessous, se rafraichissant à l'aide d'éventails représentant des scènes de campagne.

Des hommes riaient, portant perruques, pantalons cousus de fil d'or, vestes assorties et chausses à petits talons. Maquillé, tout ce petit monde goûtait à des mets que des serveurs en livrée, portant aussi perruques et légèrement fardés, proposaient.

La gourmandise faillit être la plus forte devant les pâtisseries et autres sorbets mais Jehanne se raisonna. Elle avait une mission très importante… on comptait sur elle.

Si jamais on lui demandait qui elle était et ce qu'elle faisait, elle avait ordre de répondre s'appeler Marie et être une nouvelle lingère, sœur de la petite Pulchérie au service de Madame de Montespan… mais comme l'avait rappelé Catherine, la probabilité qu'elle fut remarquée par quiconque était quasi-nulle, les jardins de Versailles étant accessibles à toutes et tous… un véritable moulin, lui avait dit La Voisin.

Jehanne aperçut la fontaine et vit une gamine de son âge qui, assise contre le rebord du bassin, attendait, un livre entre les mains.

- Bonjour, commença Jehanne, je cherche ma cousine Pulchérie. Sais-tu où elle est ?

Il s'agissait de la phrase à dire pour se reconnaître. Si son interlocutrice lui répondait négativement, c'était qu'il ne s'agissait pas de la destinataire de la besace…

- Oui, da. Elle m'a fait venir ici à sa place, lui répondit l'autre avec un sourire éclairant son visage poupin. Elle m'a donné ceci pour vous…

À nouveau, c'était ce qui était convenu. Au mot près, la gamine lui récitait ce qu'elle attendait pour tendre sa besace…

- Ah, ma mère, elle, m'a préparé ceci pour vous…

L'on échangea les bourses et l'on se remercia avant de se saluer. Jehanne fit alors demi-tour et s'en retourna vers le carrosse lorsqu'une odeur de chocolat vint lui chatouiller les narines…

Non ! s'admonesta-t-elle en avisant une desserte sur laquelle on venait de poser un énorme gâteau au cacao sortant, sans doute, du four, pour répandre pareil parfum.

Peu de personnes se tenaient devant le buffet proposant aussi des rafraîchissements. Jehanne poussa un soupir et se dit que, finalement, quel mal y aurait-il à se faire servir une part de la belle pâtisserie qui la narguait.

Elle se dirigea vers l'imposante table et demanda, au serviteur, une part de gâteau qu'il lui remit sans sourciller.

- Vous savez que la gourmandise est un bien vilain péché, fit une voix féminine et sucrée derrière elle.

Jehanne sursauté. Cette voix… elle la connaissait. Mais d'où ?

Elle se retourna, avala le gros morceau qu'elle avait en bouche, et fit une petite révérence à la femme en rouge et or qui lui faisait face. Les traits fins, racés, une mouche sous l'œil droit, un maquillage subtil et un air moqueur rendaient le visage de cette femme délicieux.

- Oui, da, ma dame. Je demanderai le pardon à notre Créateur.

Son interlocutrice tiqua en voyant Jehanne de face et, comprenant qui elle était, sortit son éventail et se cacha une partie du visage derrière, espérant ainsi que la petite ne la reconnaitrait pas.

- Oh, un peu de sucre ne peut nuire à si jeune créature… un bel après-midi… ».

Et elle s'esquiva, laissant, sur passage, un parfum léger, doux et un brin sucré.

Jehanne fronça les sourcils en continuant de dévorer sa part de gâteau tout en se dirigeant vers les bois afin de retrouver, à leur entrée, le carrosse.

Cette voix, ce parfum, ce port altier… il lui disait quelque chose… mais quoi ? Jehanne fouilla dans sa mémoire mais fut incapable de mettre un nom sur cette rencontre.

Gavée de sucre, elle remonta dans le carrosse et somnola jusqu'à la rue Beauregard.

Jehanne ne s'était pas rendu compte que, dans les jardins de Versailles, c'était la fameuse dame en rouge, que sa maîtresse surnommait Lilith et qui venait souvent la consulter, qu'elle avait croisée…

11

Paris, 1676

Antoine Montvoisin était mort il y a quelques temps déjà lorsque Catherine, par un bel après-midi de juillet, décida de faire un crochet par le cimetière des Innocents avant de se rendre au palais de justice.
Son mari n'avait pas laissé une trace impérissable dans sa vie et, quelque part, son décès arrangeait bien ses affaires. Plus de regards suspicieux, de colère quant à ses pratiques, de reproches sur ses affaires. La maison était désormais toute à elle et elle pourrait y mener la vie qu'elle voudrait sans à avoir à se préoccuper du fait qu'Antoine soit là ou ne tarde pas à rentrer d'une beuverie ou de chez une amante…. d'ailleurs, Marie Bosse avait été plus attristée qu'elle-même par le décès prématuré d'Antoine Montvoisin !
Catherine pénétra aux Saints-Innocents sis au cœur de Paris, sur les anciens marais asséchés sur lesquels on commençait à bâtir des maisons. Comprenant deux reclusoirs, où deux femmes vivaient volontairement enfermées, abîmées dans la prière jusqu'à ce que mort s'en suive, nourries par les passants

81

qui, à travers les meurtrières, leur faisaient passer du pain, des pommes, de l'eau, l'endroit était sinistre avec ses charretiers pour les indigents et ses allées nombreuses où étaient enterrés les plus favorisés.

La Voisin se signa rapidement devant la tombe de son époux et joua la veuve attristée en versant une larme tandis que, derrière elle, d'autres personnes allaient se recueillir sur la tombe de leurs défunts…

De dos, la devineresse donnait l'impression d'une femme peinée, secouée de sanglots, en pleine douleur du deuil alors qu'il n'en était rien… au bout de quinze minutes, La Voisin fit demi-tour et sortit du cimetière afin de se rendre au palais de justice où le verdict, dans l'affaire de La Brinvilliers, allait être rendu.

Sans surprise, elle retrouva Marie Bosse dans la file d'attente menant à la salle d'audience et la rejoignit faisant des gestes obscènes aux spectateurs furieux de voir cette grosse bonne femme vêtue d'une robe rouge en velours les doubler.

« Toi aussi tu es venue voir la décadence de cette chère marquise ? s'enquit Catherine.

- Oui, da. Elle va être condamnée à mort, c'est certain.
- Tant qu'elle n'ouvre pas son grand bec à foin pour accuser, acculée comme elle est.

- Elle n'a rien dit durant tout le procès.
  Pourquoi parlerait-elle maintenant ?

La Voisin fit une moue interrogative et raisonna comme La Bosse. Qu'allait-elle s'imaginer, alors que le sort de la jugée était scellé depuis le début de cette mascarade de procès ?

En entrant dans la salle d'audience, l'odeur incommoda Catherine qui mit son mouchoir parfumé au citron sur son nez. Trop de gens, les fenêtres fermées, les humeurs des uns et des autres se mélangeant pour le pire… un vrai écœurement s'empara d'elle.

- J'espère qu'il n'y en a pas pour des
  heures… j'ai à faire, s'agaça Catherine.

- Oh, ma dame ! seriez-vous pressée ?
  ricana Marie en posant, à son tour, un
  bout de tissu mentholé sur le nez.

- Oui, da… Jehanne va apprendre à …
  m'aider dans mon commerce.

La Bosse retint un rire. Jehanne… la petite protégée de Catherine. Qui aurait pu croire que l'empoisonneuse prendrait, un jour, sous son aile, une gamine des rues pour en faire son assistante ? une assistante visiblement douée puisque, désormais, elle lui confiait de plus en plus de missions… certes, de petites courses, des livraisons, des courriers à donner… mais petit à petit, ne la préparait-elle pas à sa succession ?

Marie eut une pensée pour Marie-Marguerite, la véritable fille de Catherine. En tant que mère de trois enfants, La Bosse ne s'imaginait pas privilégier l'un des siens et en aimer l'un plus que l'autre… comment Catherine pouvait-elle s'occuper et aimer davantage une quasi-inconnue que l'enfant qu'elle avait portée et dont elle avait accouché ? un mystère que la devineresse la plus courue de Paris ne savait percer…

Un mouvement de foule, au premier rang, leur indiqua que le tribunal venait d'entrer. La Bosse et La Voisin étaient dans un coin, au fond… pas folles, les deux femmes avaient préféré se faire discrètes, ne connaissant nullement les intentions de la Brinvilliers.

Et si, dans un ultime sursaut, elle les citait ?

Elles n'auraient pas dû être ici, se dit soudain La Bosse avant de changer d'opinion. Justement, en étant présente, elle saurait si La Brinvilliers allait parler…

« Nous, le Tribunal, avons décidé que la marquise de Brinvilliers, comparaissant devant la Justice du Roi était coupable des faits de sorcellerie qui lui étaient reprochés.

Un silence de mort s'abattit sur la salle d'audience. Ce n'était guère une surprise tant les témoignages et preuves étaient nombreux… mais l'on allait envoyer à la mort une femme… une belle femme assise bien droite sur la sellette, ce petit siège réservé aux prévenus dans l'attente de leur jugement.

« La marquise de Brinvilliers verra son titre lui être ôté, ses terres et ses biens confisqués au profit de la Couronne.

« En répression, la cour la condamne à être décapitée en place de Grève !

Il y eut des « oh ! » et des « ah ! » dans la salle mais ni La Voisin ni La Bosse ne virent matière à s'exclamer. Certes, La Brinvilliers échappait au bûcher – plus douloureux et inhumain s'il en était !-, mais elle aurait la tête tranchée !

« Avez-vous quelque chose à ajouter ? d'éventuels complices à nous livrer ? une déclaration sur votre honneur à nous faire ?

- Non pas, messires, répondit la condamnée. J'accepte cette justice des hommes qui est celle de Dieu ! ».

On se signa dans la salle et l'on s'éventa avant de s'en aller, le spectacle étant fini. C'en était terminé de ce procès, d'une durée interminable[4], et de la marquise qui, dès le lendemain, verrait sa sentence exécutée.

---

[4] Il se tint du 29 avril au 16 juillet 1676.

Plus soulagées qu'elles ne voulaient bien l'admettre, La Bosse et La Voisin se retrouvèrent chez cette dernière et burent jusqu'à tomber d'ivresse bien tard dans la nuit...

12

Paris, 1676

Par cette chaude journée d'août, Jehanne avait été dispensée de ses corvées habituelles. La maison de la rue Beauregard avait gardé volets et portes clos, son cabinet de consultation fermé.

Le soir venu, Catherine avait demandé à Jehanne de la suivre dans ce dernier. A presque quatorze ans, La Voisin estimait qu'il était temps de parfaire sa formation avant ce qu'elle appelait, devant Marie Bosse, son « plan pour intégrer Versailles ».

« Ferme bien derrière toi, que nous ne soyons pas dérangées. Je ne voudrais pas que cette bécasse de Marie-Marguerite nous surprenne.

- Oui, da ma dame…

En pensant à la jeune fille, Jehanne eut un pincement au cœur. Elle avait lu et relu le carnet de la fille Montvoisin avant de le remettre à sa place, entre les lattes de parquet de sa chambre. Marie-Marguerite était, somme toute, malheureuse, privée d'un amour maternel auquel elle n'avait pas souvenance d'avoir, un jour, goûté.

Outre cet aspect triste de sa vie, et à la grande surprise de Jehanne, le journal contenait aussi des dates, des noms, des surnoms ainsi que la durée des consultations de sa mère… elle l'épiait donc et était parfaitement au courant de ce qu'il se passait céans !

Jehanne avait voulu en parler à Catherine mais, de peur que cette dernière n'entre dans une colère noire pouvant la pousser à l'irréparable, un soir de colère et d'alcool, elle s'était abstenue… après tout, que ferait Catherine de ces informations ? que sa fille sache ou pas ce qu'elle faisait dans son cabinet avait-il un impact sur ce dernier ? et dans quelle mesure cela changerait-il quelque chose ? Jehanne pensait avoir ménagé la chèvre et le chou et, apaisée, se rendit dans l'antre de Catherine, portant une bougie dont la lumière ne vacilla pas dans cette nuit estivale et sans lune.

Elle toqua trois coups et entra.

- Pile à l'heure ! s'exclama Catherine dans sa robe de velours noir qu'elle gardait pour ses soirées d'été où elle restait chez elle et réalisait plans astraux et autres tirages de cartes pour ses clients. Referme derrière toi et assieds-toi.

Jehanne fit un petit signe de tête, obtempéra et, posant sa lumière sur un candélabre qui trônait là, sourit à sa bienfaitrice.

- Que puis-je faire pour vous aider ?

- Oh, à vrai dire, ce soir, je pensais t'initier au rangement de mes fioles. Comme tu te doutes, leur contenu n'est guère indiqué dessus… je suis la seule à savoir ce qu'elles contiennent… viens avec moi…

La grosse femme se leva et ouvrit son placard dans lequel plusieurs étages, au niveau supérieur, étaient pleins de flacons.

« Premier étage, les filtres d'amour. Si je te demande un charme pour faire revenir l'être aimé, c'est ici que tu le prendras… peu importe lequel est-ce, ils ont tous la même composition.

- Des filtres d'amour ? s'étonna Jehanne. Mais, on ne peut faire tomber quelqu'un amoureux !

- Ma fille de cœur ! s'émut Catherine. Oh, ma toute petite Jehanne ! évidemment que ces filtres n'ont aucun pouvoir… seulement pour ceux qui m'en achètent ! et elles sont nombreuses, à Versailles, à en faire boire des hommes.

- Mais qu'y mettez-vous ?

- Oh, ce qui fait plaisir aux clients… en fait, dans leur tête, sorcière rime avec crapauds, chauve-souris, serpents et chats… je leur fait gober que j'y mets de la bave de batracien, de la poudre de couleuvre, de la poussière d'os de rongeur volant le tout, à la mi nuit, sous le regard d'un chat noir.

Jehanne ouvrit la bouche comme un poisson hors de l'eau. C'était donc ça qui faisait tourner les sens des dames venant ici et qui repartaient, la besace contenant l'un de ses flacons ? c'était à pleurer de rire ! qui pouvait penser que de la bave de grenouille allait aider quelqu'un à tomber amoureux !

- Oui, je sais, lui lança Catherine, son regard fuyant fixant le second étage de son placard. Des oies blanches amoureuses de canards sauvages pour rester poli et ne point jurer !

- Oui, da, ma dame. Je connais votre foi et sais que, jamais, vous ne blasphémeriez !

Catherine sourit d'une oreille à l'autre. C'est vrai qu'elle était très pieuse… et ces messes qu'elle allait écouter jour après jour ne l'absoudraient-elles pas de ses pêchés ? La Brinvilliers avait eu la tête tranchée, moins d'un mois plutôt, pour son commerce presque identique, la fausse monnaie en plus…

La Voisin chassa l'idée noire et revint au présent.

- Ici, les autres potions pour un retour à meilleure fortune. Les clients qui perdent beaucoup de louis au jeu ou ont des problèmes passagers aiment à m'en acheter… tu sauras où les trouver. La composition est la même que pour les philtres d'amour, j'ai juste rajouté des baies de sureau et un peu de fraise pour modifier le goût…

Jehanne suivit Catherine avec attention tandis que cette dernière s'attaquait au bas du meuble dont elle ouvrit un compartiment secret, actionné grâce à un faux livre qu'il fallait tirer vers soi pour déclencher l'apparition.

« Ici, nous ne jouons plus… lâcha La Voisin avec impavidité.

Des flacons contenant des liquides jaunes, noirs ou gris étaient sagement alignés.

Jehanne eut un mouvement de recul. Cela ne lui disait rien qui vaille, surtout lorsque Catherine prenait ce ton sérieux et cette mine fermée.

« Quand je te demanderai une fiole pour tuer, c'est ici que tu viendras. Peu importe la couleur.

- Mais, qu'est-ce donc ?

- De l'arsenic, répondit simplement Catherine, que l'on trouve en petite quantité dans les poissons. C'est te dire si j'ai du travail de transformation… un de mes fournisseurs tient commerce d'herbes à Saint-Germain-en-Laye et parvient à me fournir ce qu'il me faut de poudre pour réaliser mes poisons…

Ainsi, il ne s'agissait guère d'un mythe que cet arsenic capable de tuer. Quelques années plus tôt, dans ce qu'il restait de la Cour des Miracles, Jehanne avait entendu parler de cette poussière capable d'estourbir quiconque en ingérait. Elle se souvenait qu'il y avait deux méthodes possibles : l'empoisonnement lent, où l'on faisait avaler, jour après jour, une petite quantité du produit ou l'empoisonnement rapide où, en une dose, le problème était réglé.

- Et vous avez beaucoup de demandes ? questionna, un peu effrayée, Jehanne.

- Oui mais surtout pour faire passer les fruits indésirés… il suffit d'un mélange équilibré d'arsenic et de plantes abortives pour faire descendre l'enfant sans tuer la mère… ».

Jehanne était fascinée. Ainsi donc, ici, l'on savait comment donner la mort… une vague la submergea. Le pouvoir… Catherine avait le pouvoir de faire passer de vie à trépas…

Elle n'entendit pas Marie-Marguerite quitter la porte du cabinet de sa mère contre laquelle elle avait collé son oreille pour entendre… elle n'entendit pas non plus les sanglots de la jeune fille ni même ce qu'elle se répétait en partant… « je me vengerai, se promettait Marie-Marguerite, je me vengerai… ».

13

Jehanne était en train de repriser une jupe de sa maîtresse lorsqu'on toqua à la porte en ce dimanche pluvieux de septembre.

La Voisin était rentrée de la seconde messe quelques temps plus tôt et, dans la cheminée, un poulet rôtissait avec, en dessous, dans une marmite, des navets, des carottes, des crosnes. Le jus de la volaille, tombant dedans, donnerait bon goût aux légumes.

Jehanne se leva et se dirigea vers la porte, surprise par cette visite. Le dimanche n'était-il pas sacré pour la pieuse La Voisin ? jamais personne ne venait la voir en ce jour du Seigneur… une urgence, sans doute.

En ouvrant la porte dérobée donnant sur la venelle faisant un angle avec la rue Beauregard, Jehanne fut surprise par Marie Bosse qui se glissa céans telle une ombre dans la nuit.

« Je dois voir Catherine, lâcha-t-elle simplement, en se dirigeant vers le salon de musique où trônaient un clavecin, une viole et un luth, acquisitions récentes de La Voisin qui, bien que ne sachant jouer de ces instruments, les trouvaient charmant pour une pièce d'apparat.

- Je ne sais si madame peut vous recevoir et…

- Brisons-là ! s'impatienta La Bosse avec humeur. Va me la chercher et dis-lui que c'est à cause des enfants disparus…

Jehanne réprima un frisson. Depuis quelques temps, lorsqu'elle se rendait au marché ou chez le boucher, elle entendait cette rumeur prendre de plus en plus de volume chez les parisiens… des mômes disparaissaient. Des gamins des rues ou de familles anonymes se volatilisaient. On parlait d'un carrosse noir ou gris circulant la nuit et prenant, sur son passage, des enfants trainant hors de chez eux à des heures indues.

- Quoi ça ? s'écria La Voisin qui descendait de sa chambre vêtue d'une robe jaune passé, aux manches gigot dévoilant de dodus poignets.

- J'ai à te parler. Ton ami Guibourg aurait été vu près du Vieux Louvre en train d'essayer de faire monter un chiard dans son véhicule.

- Guibourg ? l'abbé ?

- Oui, da…

- Jehanne, va nous chercher du Xérès et du vin de Porto.

- Oui, da, ma dame. Vous me direz quand vous souhaiterez ripailler ?
- Oui, oui… la chassa Catherine en faisant un geste vague de la main.

Jehanne savait que ce signe était celui de l'agacement ou d'un début de migraine chez sa bienfaitrice. Elle ne s'y trompa pas et obéit docilement tout en écoutant ce qu'il se disait tandis qu'elle préparait et servait les rafraichissements.

« Guibourg est mon assistant lors des cérémonies…

- Je t'avais dit d'arrêter, un temps, les messes noires ! s'exclama Marie Bosse.

Ainsi donc, se dit Jehanne, il s'agissait bien d'un prêtre qui avait officié dans la clairière l'autre nuit… un abbé, visiblement, qui avait renoncé à ses vœux au vu de ce que Jehanne avait constaté lors de cette célébration du mal.

- La paix, La Bosse ! je suis veuve et ai besoin d'argent !
- A d'autres ! Antoine était à tes crochets, tu t'en es souvent plainte ! tu aimes l'argent, c'est le cœur du problème.
- Et après ? est-ce un crime ?
- Non pas… mais il va te falloir redoubler de prudence. La Reynie est comme un chien qui a flairé le gibier… il ne faudrait pas que ces enlèvements réveillent ce qui

a été enterré avec les cendres de La Brinvilliers !

Tout est donc vrai, se dit Jehanne en servant leurs godets aux deux femmes. On enlevait bien ces enfants, ce n'étaient guère des disparitions volontaires !

- J'ai besoin de ces mioches, tu le sais parfaitement…

- Pour tes poules d'eau stupides et cancannantes de la cour, oui ! jamais sacrifice humain n'aura refait naître un amour perdu ou fait revenir à la vie un défunt !

- Oh ! s'exclama Jehanne en ouvrant la bouche.

La Bosse se rendit compte de sa bévue mais le mal était fait. Elle venait de révéler, à haute voix, ce qu'il advenait de ces fillettes et garçonnets…

- Bravo, La Bosse, applaudit La Voisin en sifflant sa timbale d'un trait. Tu viens céans, un dimanche, pour me raconter des horreurs et troubler ma maisonnée ! quel bonheur que de te recevoir, vraiment !

- La paix ! répliqua Marie, rendant coup pour coup, tu devrais me remercier, plutôt, pour ce que je fais pour toi ! je t'évite sans doute la Bastille ou la Conciergerie !

Jehanne, pour sa part, était toute retournée. Les jambes tremblantes, elle dut s'asseoir sur un fauteuil Louis XIII, acheté par La Voisin à un brocanteur pour une modeste somme.

- Pourquoi cela te retourne-t-il les sens ? demanda Catherine, un peu grisée par l'alcool bu, à jeun.
- Je… ils ont l'âge que j'avais quand vous m'avez recueillie ! peut-être est-ce le sort que vous me réserviez ?
- Allons bon ! s'exclama La Bosse, voilà autre chose !
- Jehanne, les enfants que nous prenons sont bien plus jeunes et n'appartiennent à personne… ils ne manqueront donc pas… toi, tu m'es précieuse et jamais il ne t'arrivera rien, je te le promets. Crois-tu que je t'aurai nourrie, l'an passé ? que je t'aurais appris à lire ?

Marie Bosse finit son godet, les yeux écarquillés. Décidément, Catherine avait vraiment pris en affection la demoiselle ! et, de toute façon, cela était vrai : les mômes enlevés et égorgés lors de cérémonies noires étaient de vagabonds ou des indigents qui n'avaient ni parents, ni famille, ni amis… qui irait chercher après eux ? certes, Paris commençait à gronder, mais, au fond, qui bougerait tant qu'on ne toucherait pas aux cheveux de l'un des siens ?

« Guibourg n'est point un sot, reprit Catherine, à l'attention de La Bosse. Il sait son monde, connait ses exigences et, surtout, maîtrise parfaitement ses intérêts. Cesse de t'alarmer, Marie, il ne nous arrivera rien… ».

Marie Bosse ne put qu'acquiescer et finit son verre avant de se lever pour prendre congé tandis que Jehanne séchait ses larmes. Elle avait eu peur, sans trop savoir pourquoi, que La Voisin l'abandonne aux mains de ce curé défroqué qui, visiblement, aimait autant tuer que lutiner…

La Voisin lui avait donné treize ans, l'année dernière. Elle allait faire quatorze ans. En effet, n'était-elle pas trop âgée, désormais, pour servir aux messes noires ?

Mais Catherine l'avait rassurée, il ne lui arriverait rien… n'était-ce pas le plus important ?

Le soir venu, alors que l'on dormait rue Beauregard, à la lueur d'une chandelle, Marie-Marguerite, glacée qu'elle était depuis la venue de Marie Bosse, retranscrivait, dans un carnet, tout ce qu'elle avait entendu…

14

Paris, 1766

Jehanne replaça le carnet de Marie-Marguerite dans sa cache, posa le tapis sur cette dernière et se releva. Elle lisait, semaine après semaine, les journaux intimes de la fille de sa bienfaitrice et avait pris, quelque part, goût à cette lecture. Marie-Marguerite, outre ses états d'âme, y décrivait ses ressentis et, surtout, cette jalousie qui la faisait, jour après jour, détester davantage Jehanne.

Cette dernière se rendit dans la cuisine et commença à peler des carottes pour le repas du soir en repensant à ces lignes parcourues aujourd'hui.

Tel un chien aboyant à l'approche d'un inconnu, une sorte d'alerte s'était déclenchée dans sa tête. Tous les noms cités, les lieux, les dates... n'étaient-ils pas dangereux pour Catherine et son commerce ?

Oh, elle savait fort bien que ce qui se faisait ici n'était pas bien... mais n'était-ce pas mieux que la rue, ses dangers, ses gens bizarres, pauvres, violents ou fous qu'elle avait pu croiser lorsqu'elle y vivait ?

Elle jeta les carottes dans l'eau frémissante et commença à couper le poulet, cru, qui mijoterait plus tard avec les légumes blanchis. Portant une énième robe en lainage grossier, idéale pour les tâches domestiques, Jehanne devenait une jeune femme que d'aucuns auraient trouvée laide. Blonde aux yeux bleus, la frimousse avenante aux joues encore rebondies, une petite poitrine se formant là où, avant, il n'y avait rien, des jambes qui iraient s'allongeant, la gamine était mignonne à croquer et ferait, selon La Voisin, tourner la tête des hommes.

Elle en était là de ses pensées lorsqu'elle devina, plus qu'elle n'entendit, une présence derrière elle. Se retournant, elle fit face à Marie-Marguerite qui, le visage fermé, tenait dans ses mains un de ses carnets.

« Je sais que tu les as lus… si j'ai mis un tapis dessus la cachette, c'était pour piéger l'indélicat… tous les matins, avant de partir faire mes classes, je le pose de telle façon que, si quelqu'un y touche, il ne peut le remettre parfaitement identiquement aligné aux lattes du parquet.

- Vous vous méprenez, ma demoiselle, répondit doucement Jehanne, en offrant son plus innocent sourire. Jamais je ne me serais permise de fouiller dans votre chambre.

- Ma mère à fait un sacré bon travail, ne put que constater Marie-Marguerite. Je sais que c'est toi qui lit mes journaux… je viens de te voir les remettre en place… pas de chance pour toi, mon précepteur garde la chambre à cause d'un mauvais rhume.

Prise la main dans le sac, Jehanne ouvrit la bouche, s'apprêtant à nier comme le lui avait appris Catherine. Toujours nier, ne jamais rien révéler… et lorsque l'on était acculé, amoindrir au maximum sa responsabilité et laisser parler son adversaire…

- Je vous concède que…

- Arrête avec tes grands mots, siffla Marie-Marguerite en se rapprochant d'elle comme un serpent prêt à mordre. Ma mère est menteuse, affabulatrice et calculatrice mais je te crois moins horrible qu'elle. Fais-moi le plaisir de me donner raison.

Jehanne n'était guère surprise par cette phrase qui aurait pu choquer lorsqu'on savait qu'il s'agissait là de ce que pensait une fille de sa mère…

- Je… oui, da… j'ai lu l'un de vos carnets… mais ce n'est arrivé qu'une fois…

- Cesse de me prendre pour une idiote ! cracha Marie-Marguerite en se saisissant du poignet de Jehanne. Ce n'est pas parce que ma mère te protège qu'il faut me prendre pour une sotte.
- La jalousie vous rend verdâtre ! lui lança Jehanne. Une vraie sorcière de l'une de ces histoires pour enfançon !

Choquée, Marie-Marguerite lâcha la main de la servante. Elle ne s'attendait pas à ce que la petite ait autant de répondant.

Aveuglée par une colère qui était montée d'un coup en elle, Jehanne lâcha les chiens.

- Tu veux que je te dise, feula-t-elle à son tour, tu aimerais tellement que ta mère t'aime que tu préfères t'en prendre à moi que d'aller la trouver pour lui dire ce que tu as sur le cœur.
- Mais, je ne te permets pas de me tutoyer !
- Moi, je me le permets ! tu viens céans, me tenir des propos injurieux alors que je suis occupée à préparer le repas. Oui, j'ai lu tes fichus cahiers et j'y ai pris un plaisir infini.

C'était vrai : découvrir, à travers les lignes, les pensées, humeurs, croyances et autres désillusions de Marie-Marguerite avait quelque chose de plaisant… à croire que toucher du bout des doigts le cœur et l'âme de

Marie-Marguerite, qui étaient torturés, avait fait du bien à Jehanne… elle s'était sentie plus aimée que la fille de sang de sa bienfaitrice, plus écoutée et, surtout, plus proche de cette grosse femme haïe par sa propre fille…

« Ta mère te trouve sotte, inutile et ingrate. Elle pense que tu ne pourras jamais prendre la succession de son commerce pourtant florissant.

- Illégal oui ! tu crois que je ne sais rien de ses pratiques ?

- Oh, mais si, tu le sais… tu sais tout très bien, simplement tu ne diras ni ne feras rien car c'est ce qui te permet de vivre, de t'instruire mais, aussi, de la détester encore plus… supprime donc tout ça de ta vie et l'on verra si tu pourras encore jouer les péronnelles !

- Oh !

Marie-Marguerite leva la main pour gifler Jehanne qui, en ancienne fille des rues, vit le coup arriver. Elle se recula brusquement, son bonnet de velours tombant au sol. Vive comme l'éclair, elle s'empara alors de la main toujours levée et la serra en se rapprochant du visage de Marie-Marguerite.

- Écoute-moi, espèce de petite bécasse… si jamais tes carnets tombaient en de mauvaises mains, ta mère finirait en Place de Grève et toi à la rue… vu à quoi tu ressembles, je ne sais même pas si une maquerelle voudra de toi.

- J'ai… j'ai de l'instruction !
- Ah, et qui voudra embaucher la fille de La Voisin ?   personne…   peut-être   la maquasse d'un bordel du nord de Paris. Alors la paix, la fille, et cesse de me faire la guerre. Nous pouvons être amies, alliées même mais, surtout, ne t'avise plus de m'insulter ou de tenter de lever la main sur moi…

Jehanne lâcha Marie-Marguerite qui recula, les larmes aux yeux avant de s'enfuir à l'étage.

« Bon débarras, souffla Jehanne ».

Jamais elle ne s'était mise en colère et la sensation ressentie l'avait portée dans une sorte de transe durant laquelle elle avait pu vider son sac… pas tous les jours, néanmoins, se dit-elle, en remettant son bonnet.

Elle ne vit pas Catherine sourire de toutes ses dents, cachée dans un recoin du couloir menant à l'office. Bien que cette histoire de carnets la chiffonnât et dût être réglée avant longtemps, son cœur était gonflé de fierté et d'amour pour Jehanne qui avait su remettre à sa place son idiote de fille…

15

Villebouzin, 1676

« Astaroth, Asmodée, princes d'amours, je vous conjure d'accepter le sacrifice de cet enfant.

« En échange, je voudrais conserver l'amour du roi, la faveur des princes et des princesses de la cour et la satisfaction de tous mes désirs ![5] psalmodia La Voisin.

Perdu entre Paris et Orléans, le châtelet de Villebouzin abritait, par cette nuit d'octobre froide et sans étoiles une bien étrange cérémonie.

La femme toute vêtue de rouge, surnommée Lilith, était en effet allongée, nue, masque de velours noir cachant son visage, un nourrisson gémissant allongé sur elle.

La Voisin venait de réciter l'incantation et fit un signe à Jehanne qui, alors, s'avança et tendit le couteau au manche gravé à Catherine.

Cette dernière lui avait demandé, quelques semaines plus tôt, de l'assister lors d'une cérémonie, ce que la jeune fille avait accepté avec joie. Oh, certes, son rôle serait minime,

---

[5] Paroles authentiques

mais ne se formait-elle, ainsi pas, au sel de la vie ? à cette magie qui ne fonctionnait que sur les esprits faibles et où n'étaient que théâtralité et mimétisme ? dans tous les cas, cela valait bien mieux que la rue et ses danger, que ce ventre vide qui gargouillait, que ces gaupes qui, édentées et usées de tenir le pavé, vendaient ce qu'il leur restait de charme contre quelques pistoles car même un louis aurait été trop donner !

« J'en appelle aux astres, à leurs mystères ! que le sang pur de cet enfant ravive la flamme qui faisait brûler le cœur du roi !

La Voisin égorgea alors l'enfançon qui cessa de gémir, et récolta le sang dans un calice, chapardé par l'abbé Guibourg qui, naturellement, était présent.

Il n'avait pas forniqué avec la surnommée Lilith, s'étant contenté de lutiner l'une des servantes qui l'accompagnait avant de recommencer avec son valet… insatiable, aimant toutes les pratiques, le curé défroqué avait joui par le vit et le cul ce soir et, c'est un peu extatique qu'il regardait la scène.

Oh, il aurait pu bander à nouveau tant le corps de Lilith était bien fait : la taille fine, les seins fermes, la cuisse rose comme il fallait… il n'en fallait pas plus à l'imagination du vieux satyre pour, déjà, s'imaginer fourrer la belle dame !

Il regarda Jehanne qui, éclairée à l'aide d'une torche, psalmodiait des paroles incompréhensibles. Cela faisait partie du rite et donnait à croire que l'on invoquait Satan… alors qu'il n'en était rien : il s'agissait de paroles latines, ne voulant rien dire, que récitait dans n'importe quel ordre la jeune fille.

Lilith but une gorgée de sang chaud et répandit le reste sur son corps. La Voisin demanda alors à Jeanne de reprendre le couteau et de lui tendre une plume.

« Je vais maintenant dessiner les portes de votre thème astral, chère Lilith, afin que votre ventre s'ouvre et redevienne fécond, prêt à accueillir la semence royale…

Jehanne se demandait, depuis le début du triste office, qui était cette dame qu'il convenait d'appeler Lilith et de ne surtout pas nommer directement… pourquoi donc tant de mystères ?

Certes, cette femme était coupable de sorcellerie et, si jamais elle se faisait prendre, elle risquait le bûcher… mais toutes et tous, ce soir, n'étaient-il pas dans la même besace ?

- La Voisin ! s'exclama la femme, faites que le roi revienne à ma couche, me fasse l'amour et qu'un fruit naisse de cette union.

- Oui, da, ma dame. Un bal pour Lilith est donné ce soir… que les âmes noires de l'enfer lui donnent force et courage. Que les forces de l'enfer me donnent la puissance recherchée. Que ma volonté soit telle que Versailles, avant longtemps, verra un nouvel enfant arriver !

Jehanne en aurait ri si elle avait pu. La seule chose qui fonctionnait dans toutes les comédies jouées par La Voisin étaient les fioles d'arsenic… et pour cause, elles n'avaient rien de surréel ou de mystique… ce n'était que de la chimie !

On continua l'office et, tandis que Catherine dessinait de bizarres formes sur le ventre plat de Lilith, Jehanne suivit Guibourg, dans les bois, afin d'enterrer le nourrisson.

A quatorze ans, Jehanne commençait à affirmer son caractère et, lorsqu'elle vit l'abbé la regarder avec un air torve, elle ne se priva pas de le rabrouer.

- Nous avons à faire, messire l'abbé, lui dit-elle. Et il me semble que vous avez assez joui ce soir.
- Oh, douce colombe ! que cela vous va mal de parler ainsi !

- Je ne suis point une colombe mon cher Guibourg, mais la servante et l'assistante de la dame de Montvoisin. J'aimerais, à ce titre, que vous me regardassiez avec autre chose que de la luxure dans les yeux… et enterrer un enfant que l'on vient d'égorger ne prête pas franchement à frivolité !

- Oh, que le langage est beau ! oh, que je m'émeus et m'incline devant tant de belles paroles.

Jehanne haussa les sourcils avec agacement. Que cet homme était déplaisant ! tout autant que sa tâche du jour !

La mort du bébé ne lui avait rien fait. Après tout, comme le répétait La Voisin, il s'agissait d'un enfant trouvé dans les rues qui, de toute façon, serait bien mort de faim ou de froid à un moment… et, surtout, Jehanne connaissait le prix d'une telle cérémonie… elles allaient pouvoir acheter du vin de Champagne pour fêter ses bourses pleines de louis et de pistoles !

On creusa un trou dans lequel on jeta le corps puis l'on remit de la terre pour faire une tombe de fortune. L'abbé se signa et murmura quelques paroles en latin.

- Vous êtes un être stupéfiant, l'abbé, tiqua Jehanne en haussant un sourcil. Vous ne respectez aucun de vos serments et…
- Vous blasphémez !
- Ah, vraiment ? vivez-vous dans la pauvreté et la chasteté ou sont-ce mes oreilles qui auraient entendu des divagations ?
- Oh, la paix… je fais bien ce qu'il me plait et tel qu'il plait à Dieu… et comme il m'a créé ! ».

Ils sortirent des bois revinrent aux marches du châtelet où Catherine venait de terminer son office.

Le lieu se prêtait parfaitement aux agissements de La Voisin : perdu en forêt, à quelques lieues de Paris… idéal pour les pratiques obscures qui devaient être réalisées dans le feutre et la discrétion…

Moins d'une heure après, il ne restait plus rien de la messe noire à Villebouzin si ce n'était le corps du bébé qui, lentement, allait pourrir sous terre.

16

Paris, 1676

Partie chercher poudres et produits pour ses potions à Saint-Germain-en-Laye, La Voisin avait laissé Jehanne seule rue Beauregard, sa confiance en la toute jeune fille étant à présent totale. N'avait-elle pas officié, lors d'une messe noire, avec elle, le mois passé ? ne savait-elle pas se déplacer, maintenant, comme une ombre lors de ses consultations ? ne connaissait-elle pas, présentement, les rouages de son commerce ? La Voisin était plus que satisfaite de sa jeune recrue et y voyait, de plus en plus, la fille qu'elle aurait voulu avoir mais, aussi, voulu être... le misérabilisme de son enfance était ancré dans sa mémoire et jamais elle ne pourrait oublier ces sensations connues jadis comme la peur, le froid ou la faim.

Quant à Marie-Marguerite, songea la grosse femme, c'est encore autre chose... elle n'aurait pas été de mon sang que je l'aurais mise en pension chez une maquasse ou, alors, jetée à la rue... quelque part, elle aimait quand même sa fille, ce lien les unissant étant puissant et quasi indestructible... mais quel esprit fermé, étriqué et obtus ! jamais

Catherine n'aurait pensé qu'avec la vie qu'elle menait elle put avoir une enfant aussi récalcitrante aux choses de la chiromancie, de la physionomie, de l'astrologie…

Le carrosse se gara devant une herboristerie où elle savait trouver du bézoard ainsi que de la poudre de peau de couleuvre derrière les bocaux sagement alignés de sureau, de salicornes, de poudre d'opium diluée.

Il n'est même pas question de la faire participer à des messes noires, se dit la grosse femme en sortant de son véhicule, habillée d'une robe de velours vert recouverte d'une capeline épaisse la protégeant du froid qui s'était abattu sur la France.

Des gamins des rues, alignés contre un mur, mendiaient. Une puterelle, à l'aspect cadavérique, vendait ses charmes en plein jour, appuyée contre l'entrée d'une venelle.

Paris et sa région étaient bien tristes en ce mois d'octobre : les températures avaient chuté, la nuit tombait plus tôt et le jour tardait à apparaître… viendrait alors novembre et sa tristesse avant décembre et ses réjouissances de la Nativité.

Haussant le menton, car, à présent, elle était une dame, Catherine pénétra dans l'officine. Désormais, elle n'était plus comme ces gens-là. Elle était quelqu'un, avait un foyer et une situation… ces mômes et le reste n'étaient plus que des ombres d'un passé qu'elle cadenassa, une fois de plus, avant de le reléguer dans un coin de sa tête pour ne plus y penser.

*

Pour sa part, Jehanne était aussi sortie de la maison afin d'aller faire le marché. Juste recouverte d'un châle, elle n'avait guère froid. Après tout, cela ne faisait pas deux ans qu'elle avait été tirée de la rue par Catherine et son habitude d'être habillée légèrement, même lorsque les températures frôlaient le zéro était restée.

Un vent d'est soufflait une brise fraîche qui en aurait fait grelotter plus d'un… mais Jehanne, elle, s'en moquait, avançant, panier en osier au coude, entre les commerçants.

Marchandes des quatre-saisons, bouchers, poissonniers et maraîchers remplissaient la rue Beauregard. Tous les trois matins, on y trouvait de quoi faire les repas pour la semaine.

Les prix étaient ajustables en fonction de la gouaille du client et de sa capacité à négocier. Jehanne remarqua deux enfançons, un peu plus loin devant elle et les identifia immédiatement comme des voleurs de bourses. N'avaient-ils pas la même démarche, le même regard, la même lueur dans ce dernier qu'elle-même quelques temps plus tôt ? les badauds, inconscients du « danger » continuaient leurs achats.

Jehanne aperçut plusieurs domestiques des maisons alentours avec qui elle conversait, de temps à autre, à force de les croiser qui au marché, qui chez le volailler, qui chez la repriseuse.

Elle allait s'approcher de son groupe de connaissances lorsqu'elle vit deux policiers qui déambulaient dans la rue transformée en étal géant.

Les yeux de l'un d'eux croisa son regard et elle manqua faire tomber son panier encore vide. N'était-ce pas l'argousin qui, deux ans plus tôt, l'avait poursuivie depuis la place de Grève jusqu'à la rue Beauregard où, par miracle, une porte s'était ouverte ?

N'aie pas peur, s'admonesta-t-elle, souviens-toi de ce que te dis Catherine : la peur est quelque chose qui paralyse. Quand on croise un danger, il faut l'affronter au lieu de le contourner. Nier est la clef de la réussite. Ne jamais oublier que la populace aime les esclandres : provoques-en un et celui qui te cherchait noise se retrouvera être celui qui les trouvera…

Autant de conseils donnés au fil du temps par La Voisin à sa protégée et qui, soudain, prirent leurs sens…

« Bien le bonjour, dame Pétronille ! je voudrais une botte de poireaux et quelques navets…

- Bien l'bonjour ! lui répliqua la commère, bien dodue et vêtue d'un châle tricoté sans doute par ses soins, vous prendrez bien quelques choux ?

- Non pas !

- Ah ! La Catherine en aurait p't'être assez d'la potée ! voulez-vous des pommes de terre ? des pois cassés ?

- Oui, da. Je vais préparer une potée avec tout cela… j'irai chercher du lard et… oh !

Trop occupée par l'homme de La Reynie, elle n'avait pas vu les deux voleurs arriver à son niveau et chiper sa bourse.

« Bande de petits vauriens ! glapit la commerçante.

- Revenez ici ! s'écria Jehanne.

- Je m'en occupe, ma dame, fit une voix d'homme, derrière elle.

Elle se retourna pour faire face à l'homme de loi et manqua hoqueter. C'était bien lui, celui qui lui avait promis de la retrouver.

« Restez ici…

Il s'élança tandis que Jehanne reprenait son souffle comme elle le pouvait. Il allait la reconnaître, c'était sûr… et l'envoyer en prison avant de la jeter au bourreau qui lui trancherait la tête et…

- Tout va bien, ma p'tite ? questionna la maraîchère. Z'êtes toute pâlotte !
- Je… oui, da…
- Ne vous en faites pas ! il va vous la ramener, vot' bourse. Au pire, j'vous fais crédit ! pas comme si vous v'niez jamais !

Jehanne aurait voulu disparaître dans un trou de souris lorsque, plus loin, elle entendit crier puis des fuser des insultes.

- Tu vas rendre cette bourse à la jeune fille à qui tu l'as volée ! dit le policier, son épée et son mousquet toujours accrochés à sa ceinture de cuir épais.

Ouf, se dit Jehanne, il n'aura pas eu à leur faire du mal…

En fait, les gamins n'avaient pas couru assez vite pour affronter les longues jambes de l'homme. Aussi, ce dernier, sans grandes difficultés, avait rattrapé le môme.

Il revenait maintenant vers Jehanne, tenant sa prise par l'oreille.

« Et tu vas t'excuser !

- Mais j'ai rien fait ! cette bourse est tombée à même le sol et je l'ai ramassée.

Jehanne retrouva alors son allant. Même ce gamin mentait avec aplomb, niant l'évidence. Elle secoua sa tête et inspira profondément, sentant l'angoisse redescendre. N'avait-elle pas beaucoup changé, ces temps derniers ? bien malin qui verrait en cette jeune fille aux rondeurs de la fin de l'enfance et du début de l'âge adulte, aux joues rouges et rebondies, aux yeux clairs et aux cheveux propres et cachés sous une coiffe de toile, la môme sous-alimentée, malingre et au regard fuyant qu'elle avait été.

- Ce n'est rien, mon sieur.

- Oh, si, il a volé une honnête jeune femme.

Si tu savais, pauvre cruche, ne put-elle s'empêcher de penser, d'où viennent ces pistoles, tu serais fou…

Elle reprenait contenance et confiance en elle. Elle ne risquait rien, ici, dans sa rue, avec une bourse contenant seulement quelques pièces… c'était un fait de la Voisin que de ne conserver que peu de monnaie sur soi pour ne point attirer les regards… et, ce jourd'hui, cela marcha puisque, lorsqu'elle ouvrit sa bourse, le policier put constater qu'il n'y avait que quelques piécettes.

« Tu vois, cette damoiselle n'a que ce qu'il lui faut pour faire le marché !

- Ne soyez pas trop sévère ! s'exclama Jehanne. C'est la nécessité qui a dû le pousser à faire ça.

- Oui, da, m'sieur de la Prévôté. Laissez-le filer !

La Voisin marquait à nouveau un point dans ses conseils : en ouvrant sa grande goule, la commerçante avait fait se retourner passants et autres vendeurs vers son étale, obligeant le policier à réfléchir. Lui qui avait dans l'idée de faire un exemple… trois jours à la Conciergerie aurait calmé le voleur… mais face au peuple, ne devait-il pas s'incliner ?

- Tu as de la chance, petit ! déguerpis ! et que je te ne revoie plus ! ».

Le môme ne se le fit pas dire deux fois et partit en courant tandis que le représentant de l'ordre touchait son feutre de son pouce et de son index pour saluer Jehanne.

Un peu sonnée, elle continua son marché et rentra la tête complètement ailleurs. Et dire que c'était ce même homme qui l'avait poursuivie deux ans plus tôt… il ne l'avait pas reconnue, n'était-ce pas là le principal ?

Elle avait eu mal au cœur en voyant le môme qui lui rappelait son ancienne condition… mais qu'y pouvait-elle ? elle ne pouvait pas épouser la misère de tout Paris ?

Jehanne se mit aux fourneaux et oublia l'incident lorsque La Voisin rentra de ses propres activités.

A la Prévôté, néanmoins, quelque chose tracassait le policier qui, plus tôt dans la journée, avait secouru Jehanne et lui avait ramené le voleur de sa bourse. Quelque chose dans le regard de la jeune femme l'avait percuté… mais quoi ?

17

Paris, 1676

Novembre s'était étiré mollement et tristement, les jours baissant tout comme la luminosité. Vers quinze heures, Jehanne était obligée d'allumer candélabres et bougies. Dès potron-minet, elle devait réactiver les cheminées, remettre du bois dans ces dernière, pour chauffer la maison. Le cabinet de Catherine devait aussi être éclairé mais, compte-tenu de ce qu'il s'y pratiquait, on y mettait moins de bougies… juste deux ou trois, à même les meubles, figées dans la cire refroidie qui s'écoulait et s'agglomérait à la base de la chandelle. L'ambiance n'était-elle pas, ainsi, mystique, propice aux arts pratiqués par la devineresse ?

« Tu comptes vraiment la former aux arts divinatoires ? demanda La Bosse, par une glaciale soirée de décembre.

Confortablement installées dans l'office de La Voisin, les deux femmes buvaient un grog bien alcoolisé dans lequel Jehanne, à la demande des deux femmes, avait rajouté du rhum pur, obtenu par La Bosse par quelqu'un bien en cour ayant un comptoir dans les îles.

- Marie, sincèrement, des fois, j'ai l'impression de parler à une gamine restée idiote après une maladie infantile.

- Je te pose juste une question ! j'allais même te proposer de la prendre quelques temps avec moi…

La Voisin avala une gorgée qui lui brûla l'œsophage avant qu'une douce chaleur ne s'empare de son corps. Le mélange, chaud, citronné et sucré était savoureux. Elle prit une langue de chat, nouvelle réussite de Jehanne, et, la dévorant, réfléchit à la proposition de Marie.

Après tout, n'était-elle pas la plus grande devineresse de tout Paris ? n'y avait-il pas la queue dans son salon où elle recevait, consultait, disait la bonne aventure ?

Bande d'oies blanches, grogna, *in petto* La Voisin.

- Et que cela changerait-il qu'elle apprenne avec toi ou moi ?

- Je suis quand même un cran au-dessus de tes capacités et…

- Brisons-là, La Bosse !

- Mais…

- Rien du tout… ne me fais pas croire que tu penses vraiment prédire l'avenir !

Marie fit une moue contrariée avant de former un cœur avec ses lèvres et de faire un sourire franc à son interlocutrice.

- Non pas… je suis comme toi, une grande physionomiste. Je sais quoi dire et quand le dire pour satisfaire mes clients…
- Ah ! merci de le reconnaître ! je me disais bien aussi… mais comment des gens peuvent-ils gober ça, telles des carpes du pain ?
- Je crois que tu te méprends, ma bonne Catherine… ce qu'ils cherchent, avant tout, c'est une oreille attentive…

Catherine se resservit en grog bien dosé en rhum, y ajoutant une bonne dose de sucre sous les yeux ahuris de Marie. Elle savait son amie gourmande et attirée par le sucre comme les abeilles, mais, ce soir, cela l'écœura… trop de tout, céans… de parfum, de cire, de fumée de bougies, de livres ésotériques, de papiers, de plumes d'oie… elle eut, soudain, envie de respirer…

« Je devrais y aller… murmura-t-elle.

- Je crois que la boisson t'est montée à la tête, ricana Catherine.
- Oui, j'ai une vague nausée… je vais m'arrêter deux minutes…
- Ne devais-tu pas m'entretenir de quelque affaire ?

- Ah si ! oui, da ! heureusement que tu es là !

La nausée refluait et, peu à peu, La Bosse recouvra ses esprits. Ces vertiges lui arrivaient de temps à autre, tout comme cette nausée. Elle s'était crue enceinte mais ses menstrues avaient été normales et régulières… elle pensait plutôt à un mal bénin, comme il en courait beaucoup en ce moment.

« J'ai eu des nouvelles de Versailles…

Catherine releva immédiatement la tête, son regard ne se faisant plus fuyant à l'évocation de ce lieu. Elle n'aurait pas aimé y vivre, trop de tout là aussi… mais y avoir une oreille, quelqu'un pour y écouter, voir et lui retransmettre par la suite, était l'un de ses vœux les plus chers… n'aurait-elle pas, ainsi, davantage d'emprise ?

Là-bas, dans cette ancienne maison de chasse devenue un temple du luxe, du vice et des quolibets, n'aurait-elle matière à élargir sa clientèle ? de plus, en étant au plus près du pouvoir, ne pourrait-elle pas, ne serait-ce, que l'effleurer ? Catherine se voyait déjà en Reine des Ténèbres dans cette cour où tout n'était que mascarade. Une reine que l'on viendrait consulter dans le palais. Une reine qui accumulerait les richesses, contrepartie de ses séances. Une reine, enfin, qui aurait le pouvoir de vie ou de mort de ses ouailles grâce à ses fioles…

Elle ne serait plus obligée de se cacher… certes, elle ne se privait guère de sortie mais ne pouvoir exercer ce qu'elle nommait son métier au grand jour n'était-il pas injuste ?

Ah, et les messes noires qu'elle pourrait organiser à même les jardins, près du bassin de Neptune ! à moitié soûle, elle se voyait déjà en voyante officielle de la souveraine, de Monsieur, de Lorraine… certes, depuis la Médicis et sa Galigaï ainsi que son Concini, on se méfiait des gens sachant lire la carte du ciel et autres lignes de la main… mais n'était-elle pas différente ?

« On dit La Montespan à nouveau enceinte du roi… lâcha La Bosse.

Catherine dessoula d'un coup. Arthenaïs De Montespan attendait un nouveau fruit royal ? oh… cela s'avèrerait être bon pour ses affaires…

- A-t-elle dit comment elle a réussi ?

- Penses-tu ! elle en a trop honte ! tout le monde se doute qu'elle a fait commerce avec le Diable mais personne n'oserait le dire à voix haute !

- Commerce avec le Diable ! explosa de rire Catherine.

- Avec toi, surtout ! renchérit Marie Bosse.
Les deux femmes ricanèrent devant la bêtise
de ces gens de cour croyant réellement que la
très en vue Madame de Montespan avait
vendu son âme à la Bête…

- Je vais pouvoir augmenter mes tarifs,
  alors… sourit Catherine en se resservant
  un grog.
- Tu bois trop…
- Et toi, tu restes dîner… Jehanne a préparé
  un civet de lièvre… nous allons fêter cet
  enfançon à venir ! à nous, gloire et
  fortune ! ».

La Bosse savait que cet état de fait allait aussi
lui être profitable… il suffisait que La
Montespan parle d'astrologie, de mystères
lunaires et autres jeux de tarots pour qu'une
clientèle, encore plus nombreuse, se pressa
chez elle.

Alors, de bon cœur, elle trinqua et se régala
du fameux quadripède.

18

Les fêtes de la Nativité étaient désormais passées et la vie avait repris son cours normal rue Beauregard.

Pendant quinze jours, la très pieuse Catherine avait enchainé les messes, professions de foi et autres célébrations eucharistiques à Notre-Dame-de-la-Bonne-Nouvelle allant jusqu'à délaisser ses clients, ses affaires, son cabinet.

Mais n'avait-elle pas assez de pistoles pour voir venir sur une si courte période ? et la naissance du Christ n'était-ce pas bien plus important que son commerce ? de toute façon, à Versailles, l'heure n'était-elle pas aussi au recueillement dans l'attente de la naissance du Sauveur ?

Avant la noël, La Voisin avait célébré une messe noire dans les ruines d'une cabane à la campagne pour une dame bien en cour voulant tomber enceinte de son époux, bien plus intéressé par les amis de Monsieur que par sa propre épouse… La Voisin avait manqué rire au nez de la femme mais avait renoncé à lui expliquer que ces choses là ne se contrôlaient pas et que la chance de porter un fruit de son mari volage était bien mince…

mais cela lui avait permis de gagner quelques louis supplémentaires, Catherine s'était tue et avait officié.

On en était là, par un froid matin de janvier, lorsque La Voisin fit venir Jehanne à son cabinet.

La grosse femme, vêtue d'une robe en velours marron, sa toile de tissu grossier sur la tête, avait des projets pour sa protégée. Jehanne, pour sa part, avait encore grandi et ses traits s'étaient affinés. Un joli brin de fille, constata Catherine, sans amertume, elle qui n'avait jamais été belle.

« J'ai décidé de t'apprendre à lire les lignes de la main… cela pourra toujours te servir.

- Oui, da, ma dame.

- J'ai dans l'idée que, lorsque je serai plus vieille, tu pourrais, parfois, aller à ma place chez des clientes… ou les recevoir céans les jours où j'aurais à faire.

C'était, pour Catherine, une sorte de pari risqué sur l'avenir. Avec tout ce qu'il se passait, la devineresse ne savait pas vraiment où elle allait : à Versailles, on commençait à parler de magie noire, de messes occultes. Catherine avait su par La Bosse que mademoiselle de la Grange avait dénoncé à Louvois un complot contre le roi… le ministre avait aussitôt chargé La Reynie d'investiguer. Il était notamment question de poisons, à ce qu'avait dit La Grange. On aurait ourdi, contre sa majesté, un empoisonnement…

Étrangère à cette affaire, La Voisin avait pris l'information pour ce qu'elle était et, ne se sentant guère concernée, l'avait rangée dans un coin de sa tête. La Bosse, pour sa part, avait été plus angoissée par cette affaire… n'était-elle pas mêlée, même d'un peu loin, à cette machination ?

Mais Catherine, quelque part, s'en moquait. La Bosse était une connaissance avec qui elle échangeait et avec laquelle elle commerçait… ce n'était pas une amie, ni un membre de sa famille… qu'elle s'inquiète donc ! cela ne la concernait nullement.

Dans un second temps, Catherine ne pouvait présumer des volontés de sa protégée. Elle ferait bientôt quinze ans et aurait, peut-être, envie de voler de ses propres ailes ! l'investissement, à savoir le temps si précieux de Catherine, ne serait-il pas vain ?

- Oh ! cela me plairait et serait un grand honneur…
- Tout le plaisir est pour moi…
- Mais… je ne voudrais pas que cela cause des ennuis à votre maison, ma dame.
- Pourquoi ce style ampoulé ! cause !

- Marie-Marguerite ne va-t-elle pas m'en vouloir davantage de ce partage ?

Cette petite est loin d'être sotte, se dit Catherine, son éternel regard fuyant se fixant sur une statuette en bois représentant trois petits singes, l'un les mains sur la bouche, le second sur les yeux, le troisième bouchant ses oreilles.

La Voisin, ayant surpris l'altercation entre sa fille et Jehanne avait trouvé les carnets et brûlé ces derniers sous les yeux, pleins de larmes, de sa fille, lui promettant le pire si, désormais, elle recommençait à écrire ce qu'il se passait céans… depuis lors, Marie-Marguerite vivait comme une ombre dans cette maison, ne sortant de sa chambre que pour les repas et allant à ses cours sur la pointe des pieds… Jehanne pensait que la jeune femme finirait par se venger, mais quand et comment, elle l'ignorait encore.

- Cette petite sotte n'a pas, comme toi, les atouts pour reprendre ma suite… des fois, je me demande si ce n'est pas la fille d'une autre !

Catherine ne comprenait pas comment Marie-Marguerite pouvait être aussi droite et honnête alors qu'elle-même était menteuse et manipulatrice à souhait. Se remettre en question était, pour La Voisin, un terme qui n'existait pas : le problème était Marie-Marguerite, certainement pas elle.

« Donne-moi ta main, ordonna La Voisin.

- Oui, da, obéit Jehanne.
- La chiromancie est l'art d'interpréter les lignes et signes de la main. Chaque chose est rattachée à un bout de personnalité qu'il s'agisse de la forme de la paume, de la longueur de la ligne de la profondeur des sillons.
- Oui…
- Tu remarqueras qu'il y a sept lignes, je te laisse les remarquer.

Jehanne, de son autre main, désigna cinq puis six puis enfin les sept traits dans sa paume pour la plus grande satisfaction de son enseignante.

« Bien. Chaque ligne a sa particularité. On les nomme ainsi : la ligne de vie, la ligne de tête, la ligne de cœur, la ligne de Vénus, la ligne su soleil, la ligne de Mercure et la ligne de la Chance.

Jehanne nota mentalement la leçon du jour et laissa Catherine poursuivre.

Catherine lui expliqua ce que chaque ligne représentait : amour, durée de vie, autorité, santé… avant de la regarder avec un bon sourire.

« Et, surtout, une bonne dose d'imagination.

- Oh ! je me doutais bien que rien de tout cela était vrai ! en regardant ma ligne de vie, je suis censée ne jamais mourir tant elle est longue !

- Que tu me plais par ta spontanéité ! s'exclama Catherine en riant.

- Mais, ma dame, il s'agit là de bon sens.

- Jehanne, certaines personnes ont besoin de se rattacher à ce genre de croyances pour avancer. Elles veulent connaître leur destin alors que ce dernier est conditionné tant par les actes du présent que par ce que le Seigneur à prévu pour chacun d'entre nous… sache que cette lecture des lignes de la main n'est qu'un art d'écoute et de lecture du corps humain.

Jehanne comprenait parfaitement. Des hommes et des femmes payaient pour lever le voile sur leur futur alors que ce dernier, écrit d'avance par Dieu, n'était pas vraiment influençable.

« Il te faudra surtout écouter et apprendre à comprendre ce qu'attendent tes clients. En leur disant ce qu'ils souhaitent, tu verras qu'ils seront satisfaits et reviendront.

« C'est l'une des clefs de ce commerce, ma petite. Veux-tu apprendre avec moi ?

- J'en serai honorée, ma dame ! ».

Catherine releva la tête avec fierté et offrit un vrai sourire à la jeune fille. Un sourire qui illumina ses yeux, chose bien rare chez la devineresse.

19

Paris, 1677

« Il parait que La Montespan attend un garçon, dit La Bosse alors qu'elle préparait, avec Catherine quelques filtres d'amour.

- Ah, ces idiots de la cour… comment le savent-ils ?
- Il parait que son ventre montre tous les signes d'un enfant de sexe male…
- Mais bien sûr… La Bosse, vraiment, si c'est pour me raconter des balivernes pareilles…
- Je te dis juste ce qu'il se murmure ! ne t'énerve pas !
- Je m'agace juste… dois-je te rappeler combien de fruits j'ai fait passer ?

Marie ouvrit sa bouche et la referma. Non, elle ne saurait dire tant La Voisin pratiquait les avortements comme d'autres vendaient des oublies un après-midi tiède d'automne.

« Mets un peu plus de sureau, pour donner meilleur goût à la mixture.

- Oui, da… je ne pensais pas ton commerce si florissant et…
- Ma dame ! ma dame ! s'écria Jehanne en déboulant dans la cuisine, sa robe bleue dévoilant deux chevilles fines.

- Calme, Jehanne ! que t'arrive-t-il ?

La jeune fille avait les cheveux défaits qui sortaient de sous sa coiffe de toile. Les joues rougies d'avoir couru, elle était essoufflée.

- C'est ce policier ! celui qui, il y a bientôt deux ans, m'a poursuivie ce fameux jour où vous m'avez ouvert la douceur de votre foyer.

La Bosse se mordit la langue… douceur d'un foyer où l'on préparait des fioles d'arsenic, tuait des enfants pour les sacrifier et pratiquait la sorcellerie, des avortements clandestins et autres mystères sataniques… une vraie maison du bonheur, ricana *in petto* Marie.

- Quoi ça, ce policier ?

Catherine les avait en horreur. Ces hommes de loi avaient été investis par La Reynie quelques temps plus tôt. Auparavant, on les appelait hommes de la Prévôté, mousquetaires ou gens d'armes… maintenant, il fallait les nommer policier… un beau terme pour pas grand-chose, les personnes étant les même qu'auparavant.

- Il est venu me trouver, alors que j'achetais des abats pour… enfin, vous savez !

- Tout doux, la calma Marie Bosse dans sa robe de velours vert pomme aux manches gigot, je sais très bien à quoi servent les entrailles… aurais-tu oublié qui je suis ?

- Oui, da, pardon madame Bosse… donc j'achetais de quoi lire le futur pour …

- Pas de nom, la tança Catherine, les sourcils froncés, tenant dans sa main une fiole qu'elle s'apprêtait à remplir avant que Jehanne ne déboulât.

La table en bois, bien cirée, était pleine de flacons, de bocaux remplis, de manuels. Un chaudron, fumant, contenait un liquide fait de vin et d'eau qui servait de base aux filtres d'amour.

- Cet argousin est venu m'apostropher. Il m'a demandé si l'on se connaissait car, de son propre aveu, mon visage lui parlait.

- Quoi ?

- Oui, da, ma dame… j'ai nié, évidemment… il s'est montré insistant et m'a questionnée : mon nom, où je logeais et d'où je venais si je n'étais guère parisienne de naissance.

- Je vois que le doux visage de ta protégée a fait une émule…

- La paix, La Bosse. Si c'est pour dire pareilles inepties, tu peux, à nouveau, prendre congé et retourner à ton salon de devinettes !

La Bosse grogna sous le camouflet. Certes, son appartement parisien était couru par tout Versailles qui venait chez la célèbre diseuse de bonne aventure à l'affut d'un futur qui se dévoilerait… mais, tout comme celui de La Voisin, l'art de Marie résidait surtout dans sa connaissance de l'être humain, de ses manières et autres regards.

- J'ai dit ce que vous m'aviez toujours dit de raconter en pareille situation : je viens de l'orléanais et suis une de vos nièces dont la mère est morte voilà cinq ans… par charité, vous m'avez prise à votre service.
- Il y a cru ?
- Oui, da, je pense… maintenant, je me méfie de lui. Cet homme m'effraie. Son regard est de glace et il m'avait promis de me retrouver !

Catherine comprit soudain que sa protégée avait juste peur. Une peur viscérale de ce policier qui, pour une raison quelconque, était gravé dans son esprit.

La petite a dû se sentir vraiment perdue, bonne pour la potence, se dit La Voisin en sentant son cœur se serrer.

- Je pense que tu t'affoles pour peu, ma douce, lui dit calmement Catherine. Quelle est la probabilité qu'il t'ai reconnue ?
- Aucune… j'ai changé.

- Quel est le risque pour qu'il aille fouiller en orléanais après une prétendue cousine Deshayes[6] s'étant mariée et ayant donc un nouveau patronyme ?
- Nul. De toute façon, jamais il ne pourra prouver quoi que cela soit, les registres d'état civil étant inexistants dans certains patelins.
- Et s'il vient ici, que risques-tu ?
- Rien.
- Pourquoi ?
- Car je suis chez moi et que vous me protégez.

Jehanne souffla, inspira et souffla de nouveau sous les yeux de Marie Bosse qui vit le génie de sa consœur à l'œuvre, une fois de plus. En moins de cinq minutes, en faisant aller chercher les réponses à sa pupille au fond d'elle-même, en la faisant se raisonner, elle l'avait calmée… et lui avait fait comprendre qu'elle ne craignait rien.

Catherine est peut-être grosse, laide et avec un regard de fouine pouvant être effrayant, mais elle est douée avec le cerveau humain, ne put-elle que constater.

« Oh, ma dame, je ne sais pourquoi j'ai réagi ainsi !

---

[6] Nom de naissance de La Voisin.

- C'est une peur normale, ma belle. La peur de tout perdre, toi qui viens de nulle part et n'avais rien… mais tout cela est fini, présentement. Donne-moi les entrailles, va… ensuite, va t'étendre un peu, cela ne pourra pas te faire de mal de te calmer.
- Oui, da, ma dame.

Jehanne tendit son panier en osier dans lequel se trouvaient des carottes, des navets, du pain ainsi que, dans un chiffon ensanglanté, les viscères.

- Et cesse de te ronger les sangs. Avant longtemps ce policier de malheur t'aura oubliée. S'il ne te lâche pas, n'oublie jamais que les accidents peuvent arriver… ».

Au même instant, l'air, chargé et noir, creva dans un coup de tonnerre tandis qu'un éclair zébrait le ciel comme un point final à la prophétie de Catherine de Montvoisin.

20

Paris, 1677

« On te cherche, lança Marie-Marguerite, en chipant une pomme dans un gros bol en bois rempli de fruits de saison.

Vêtue d'une robe de grosse laine, la fille de La Voisin était céans depuis quelques jours, son précepteur lui ayant donné des jours libres.

Ses notes étaient excellentes. Le latin, la grammaire et même le grec n'avaient plus de secrets pour la jeune femme de dix-neuf ans qui, avant longtemps, quitterait le foyer.

Catherine avait été claire : il lui faudrait trouver un mari ou contribuer à la vie du foyer, au choix… mais ce que La Voisin appelait contribuer à la « vie du foyer » était contre les principes de cette jeunette bien éduquée et façonnée par les sciences, les langues mortes et les mathématiques.

Mais comment pourrait-elle trouver un mari, elle qui, dans un premier temps, n'avait que peu d'intérêt pour la chose ? elle ne se voyait pas en grande de ce monde, ni en damoiselle de cour… et compte-tenu de son physique, qu'elle savait disgracieux, les hommes n'allaient pas se bousculer rue Beauregard !

Naturellement, jamais Marie-Marguerite n'avait – et n'aurait !-, parlé de ces choses là avec Jehanne… mais sa manie de retracer ses journées dans des carnets était revenue… et Jehanne n'avait pas mis deux heures à en trouver la nouvelle cache, cette fois-ci dans le secrétaire même de Marie-Marguerite, dans un double fond savamment dissimulé…

Jehanne n'avait guère pu résister à la lecture de ces cahiers qui, bien que sans grand intérêt pour le commun des mortels, lui permettaient de comprendre un peu mieux qui était la discrète et effacée Marie-Marguerite.

Certes, elle savait que cette dernière avait en horreur les pratiques de sa mère mais n'avait-elle pas aidé, une ou deux fois, à des messes noires ? n'avait-elle pas préparé, elle aussi, quelques fioles empoisonnées ? et n'avait-elle pas assuré quelques livraisons ?

Jehanne avait, au fond, pitié de cette femme en devenir qui, hormis ses connaissances, n'avait pas grand-chose pour elle… contrairement à elle-même qui se savait plutôt mignonne, eu égard aux regards que certains hommes lui lançaient dans la rue. Et que dire des compliments de La Voisin quant à ses progrès en chiromancie et physionomie ? Catherine ne tarissait pas d'éloges sur elle et, des fois, alors qu'elle était avinée, lui disait qu'elle était la fille qu'elle aurait aimé avoir.

- Qui me demande ? questionna Jehanne, son bonnet de toile cachant ses cheveux couleur des blés.
- Un policier. Il dit qu'il t'a aidée au marché et…
- Ah mais quelle est donc cette farce ! s'écria Catherine que nulle n'avait entendue descendre de sa chambre où elle venait de faire une sieste après une énième nuit mouvementée à célébrer Belzébuth pour une femme en mal d'enfant.
- La vérité, mère. Ce policier, donc, aurait eu l'information que vous hébergiez une nièce de province. Il voulait en discuter avec vous.

Jehanne sentit l'angoisse monter en elle comme une vague recouvrant le sable d'une plage. Ainsi donc, cet homme ne lâcherait jamais l'affaire…

- Il t'a donné son nom ?
- Non pas, il a juste dit qu'il repasserait demain… visiblement, votre douce et tendre pupille s'est faite remarquer !
- Non pas ! s'écria Jehanne. Je n'y suis pour rien !

- Marie-Marguerite, va voir dans ta chambre si nous y sommes. J'ai à causer avec Jehanne.

Cette dernière vit, du coin de l'œil, le regard de Marie-Marguerite se durcir. Mais, à cet instant, elle s'en moquait, terrassée par une angoisse sourde.

- Non, ma mère, cela me concerne aussi ! il me semble que c'est moi qui ai dû faire face à cet homme de La Reynie. A ce titre, j'ai le droit de connaître les tenants et aboutissants de cette histoire.

La Voisin ressembla alors à un merlu qu'on sortait de l'eau et qui, vainement, cherchait son oxygène.

- Je… fort bien !

Il en fallait, d'habitude, beaucoup pour faire taire Catherine… mais voir sa fille s'affirmer ainsi, elle qui était si calme, discrète et effacée l'avait secouée.

La Voisin ordonna aux deux autres de s'asseoir et se servit un godet de Xérès avant d'en proposer à Jehanne puis à Marie-Marguerite qui, chose rare, acceptèrent.

Le temps était gris, le vent frais, les bourgeons en fleurs. Le printemps n'allait plus tarder, maintenant, mais il faisait encore trop frisquet pour aérer longuement les pièces. Aussi, la cuisine baignait dans une douce tiédeur entretenue par le poêle et la cheminée dont il faudrait bientôt vider les cendres.

« Je vais recevoir ce cogne et l'on verra ce qu'il demande… si les choses tournent mal, nous le feront revenir de nuit, prétextant quelque chose à lui montrer.

- Et si il vient avec la cavalerie ? demanda Marie-Marguerite.

- Non pas… je pense que c'est une fouine solitaire qui pense avoir mis le grappin sur une voleuse lui ayant échappé il y a deux ans. Il s'agit d'une affaire personnelle, en aucun cas il ne fera déranger des sieurs de la Prévôté pour cela…

Le raisonnement de Catherine était implacable, logique et cohérent. Marie-Marguerite devait reconnaître que sa mère était douée.

- Tout ça par ma faute… gémit Jehanne. Oh, comme je suis désolée !

- Ne le soit pas… avant demain cette affaire sera réglée… si cet homme cherche de trop, il va nous trouver…

Et l'homme chercha trop au goût de Catherine qui, lorsqu'elle le reçut le lendemain, le détesta d'office.

Il se présenta dans la matinée faisant fî des usages qui voulaient qu'on s'annonce après le souper.

Catherine le fit patienter, telle une grande dame, dans le salon d'apparat. Marie-Marguerite fit le service sans toutefois proposer de collation au policier, se contentant de lui présenter une carafe de vin de Porto dont il accepta un verre.

Il raconta ensuite à Catherine les raisons de sa visite et La Voisin s'empressa de confirmer tout ce que l'on savait déjà quant à la « nièce de province ».

« Mais je ne vois pas ce que cette pauvresse aurait à se reprocher, lâcha La Voisin, en examinant l'homme, assis face à elle. Ma douce Jehanne que j'ai recueillie par charité est surtout occupée en cuisine et au marché.

L'examen du policier révéla à Catherine que l'homme n'était pas sûr de lui et partait à la pêche aux informations. Il n'avait pas quarante ans, ne portait pas d'alliance et avait tout du vieux garçon qui va lutiner de la puterelle les soirs où l'envie est trop forte. Les cheveux coupés à la mode, ses pantalon et son mantel de la même couleur, il portait un soin particulier à sa tenue et son allure eu égard à ses doigts aux ongles soignés.

Enfin, son regard prenait parfois la teinte de la glace et n'était pas fuyant. Un type foncièrement honnête qui payait gabelle et dîme sans grommeler ni rechigner et devait bien faire son travail… mais un homme solitaire, se répéta La Voisin, dont la tête élaborait déjà un plan pour se débarrasser de l'intrus.

- Votre Jehanne me rappelle une petite voleuse qui m'a filé entre les doigts il y a bientôt deux ans… et je dois vous avouer que la ressemblance est frappante, si ce n'est ses traits qui se sont allongés, la douceur de l'enfance l'ayant quittée.

Tu viens de signer ton arrêt de mort, se dit Catherine.

- Je ne vois pas comment cela est possible ! je l'ai prise en pension dès le décès de ma pauvre sœur… serait-il possible qu'elle ait vagabondée dans mon dos ?

La Voisin joua la femme surprise à la perfection et constata, d'un coup d'œil de son regard éternellement fuyant, que le policier la crut.

« Vous savez, mon sieur, je n'ai plus guère de famille et je suis veuve.

- Toutes mes condoléances…
- Oh, merci… ce que vous m'apprenez me chagrine… monsieur… je ne connais même pas votre nom !
- Sieur Chastenet, pour vous servir !

Marie-Marguerite arriva alors avec un nouveau verre de vin de Porto pour l'homme de loi. Le mot code de cette pièce de théâtre étant « veuve », lorsqu'elle l'entendit, depuis la cuisine, Jehanne avait tendu un godet contenant de l'arsenic à haute dose à Marie-Marguerite qui l'avait posé devant Chastenet avant de partir…

-   Trinquons à la justice ! lança Catherine en se saisissant de son verre.
-   Oui, da !
-   Et après, nous causerons.
-   Oui et… argh…

L'homme sentit une brûlure lui vriller l'estomac et remonter ensuite dans son œsophage tandis que des serres le prenaient en tenailles à la gorge.

Il tenta de se lever mais s'écroula sur un tapis de prix en se tortillant, son visage déformé par des spasmes de douleur.

-   Ta mère ne t'a jamais appris que fouiner est un vilain défaut ? demanda méchamment La Voisin, un mauvais sourire aux lèvres ».

Et, quand la nuit tomba, et alors que la rigidité cadavérique finissait de s'installer, trois femmes jetèrent à la Seine le corps du policier trop curieux…

Catherine sut, quelques temps après, qu'un argousin avait été retrouvé dans le fleuve, le visage et le corps grignotés par les poissons.

Identifié comme un certain Chastenet par la Prévôté qui l'avait noté absent et ne l'avait pas trouvé à son domicile, on avait conclu à un malheureux accident.

Jehanne avait appris beaucoup, une fois de plus, de Catherine. Désormais, lorsqu'elle aurait un problème, elle ne fuirait pas mais l'affronterait... et s'en débarrasserait s'il devenait trop pénible.

21

Paris, 1677

« J'aurais dû prendre les paris, marmotta Catherine avec dépit.

- Les paris, pour ?
- La Bosse, parfois je me demande si nous parlons la même langue.

Catherine recevait Marie en cet après-midi venteux d'avril. Certes, le ciel était clair et les oiseaux pépiaient… mais une brise du ponant soufflait par moment, rafraichissant le teint, les mains, le corps.

Installées dans le salon d'apparat, La Bosse lui énonçait, par le menu, les nouvelles fraîches de Versailles.

- Mais, enfin, de quoi parles-tu ?
- Tu m'avais dit qu'il s'agissait d'un garçon… Or, visiblement, et à moins que je ne me trompe, Françoise-Marie est un prénom de fille !

Vêtue d'une robe bouffante d'un vert émeraude, un éventail à la main, La Bosse sortait tout juste de l'une de ses consultations. Après avoir deviné le destin de sa chalande cette dernière lui avait appris la naissance du sixième enfant de madame de Montespan et de Louis XIV.

La favorite du roi venait de faire honneur, une nouvelle fois, au monarque… et l'enfançonne, bien qu'illégitime, serait élevée par une certaine madame Scaron que l'on disait affectueuse, joueuse, maternelle et douce. Tout le contraire d'Athenais, songea La Voisin.

En effet, de son vrai prénom Françoise, La Montespan était autoritaire, capricieuse, dépensière, jalouse et mauvaise… mais Catherine n'avait jamais eu à subir ses outrages : en demande de magie pour toujours plaire au roi, n'était-elle pas aux pieds de Catherine ?

-    Ah oui ! j'avais oublié ! où ai-je la tête ?

Pour le moment sur tes épaules, se retint de dire La Voisin, avant que le bourreau n'y passe son épée.

« Marie Vigoureux n'est pas venue te le dire avant moi, j'espère ?

-    Pourquoi veux-tu que La Vigoureux soit reçue ici, comme toi, La Bosse ?

-    Tout doux La Voisin, la calma Marie. Je sais qu'elle te rend aussi de menus services et qu'elle est au courant de tout, avant toutes et tous…

-    Il est vrai que son réseau est très actif et très productif… mais je ne la reçois pas céans… nos échanges se font dans mon cabinet.

La Vigoureux trempait dans les mêmes affaires que les deux femmes et maîtrisait les arts divinatoires et autres potions. Toutes les trois se connaissaient, se fréquentaient parfois, en savaient bien trop les unes sur les autres.

- La Montespan a néanmoins énormément grossi… et son teint est devenu terne.
- Ah… dit avec ravissement La Voisin. Tu peux être sûre, qu'avant la fin du mois, elle viendra à moi.
- Crois-tu ?
- Oui, da… je te signale qu'à chaque fois qu'elle a voulu un marmot, c'est ma science qui l'y a aidée !
- Bah voyons ! à d'autres ! ricana La Bosse.

On toqua alors à la porte réservée à la clientèle de Catherine. Jehanne sortit de l'office, passa dans le couloir sans les yeux de sa bienfaitrice et ouvrit la porte. Une femme, portant une mante noire, le visage baissé, lui tendit un billet. Elle reconnut, dans ses mouvements, la petite servante croisée à Versailles, à qui elle avait remis une fiole, cachée dans une bourse.

Grâce à ce que lui avait appris Catherine, Jehanne parvenait à déterminer ce que pensaient les gens grâce à leurs mouvements. Elle analysa ceux de la camouflée par une vague angoisse, une précipitation à se débarrasser de sa mission.

Elle prit le billet tendu et l'autre partit rapidement tandis qu'elle refermait la porte. Jehanne se rendit au salon et donna le bout de papier à Catherine alors que La Bosse se servait une nouvelle part de tarte aux pommes râpées, recette alsacienne apprise il y a peu.

- Rapporte-nous à boire, veux-tu ? demanda La Voisin, depuis son fauteuil.
- Oui, da, ma dame.
- Alors… des nouvelles de Versailles ?
- Oui, La… enfin, Lilith me demande une aide pour un nouvel enfant.
- Quoi ça ! déjà !
- Chut ! tu sais fort bien que les murs ont des oreilles ! glapit La Voisin. Imagine si l'on entend ! on va comprendre qui est Lilith !
- Parce que tu crois que les gens ne savent rien de ce qu'il se passe à Versailles ou dans certains châtelets abandonnés ?

Jehanne trouva les deux femmes à cet instant, un silence lugubre régnant dans la pièce. Comprenant qu'elle avait tout intérêt à se faire la plus discrète, elle servit les alcools et s'effaça… elle n'alla guère très loin, dans le couloir, mais, au moins, était invisible de La Bosse et de Catherine qui affichait ouvertement une moue boudeuse et soucieuse.

- Que se dit-il ? murmura La Voisin.
- On parle de messes noires, d'un abbé défroqué qui baise et se fait prendre le cul pendant que l'on en appelle au diable.
- Ah… et qui dit ça ?
- Des gens de l'entourage de Monsieur… l'un de ses… bons amis… aurait eu affaire à un curé… et de manière salace… on parle d'enculeries dans des bosquets parisiens.

Guibourg, songea La Voisin. Cet oiseau de malheur n'a pas su garder son vit dans son froc… soûl, il se sera confié à l'un de ses minets de malheur !

- Mais il avait bu, coupa Catherine. Personne ne parlera.
- Oh, non, ne t'inquiète pas… toi-même sais que les bons compagnons de Monsieur sont avant tout coupables de pratiques immorales…
- Si l'un parle…
- Oui, les deux tombent pour des choses différentes… mais tu ne crains rien. Tu es protégée par… Lilith… et ce ne sont que des murmures…
- Oui, des murmures… ».

La Voisin sentit une vague inquiétude monter en elle. Elle déchira le billet et le jeta dans la cheminée éteinte. Le feu ferait disparaître les fines lignes plus tard… n'avait-elle pas un office à préparer ?

Sa devise étant *Carpe Diem,* Catherine de Montvoisin réussit à chasser l'angoisse qui sourdait… Jehanne, pour sa part, tout en continuant à briquer la cuisine n'en revenait pas : ainsi donc, il s'agissait de madame de Montespan lors des différentes messes noires !

La jeune fille nota précieusement l'information dans sa tête, se disant que, peut-être, un jour, elle lui serait utile, avant de retourner à son ménage, la maison devant briller pour la cérémonie du lendemain soir.

22

Paris, 1677

Avec surprise, Jehanne vit Marie-Marguerite participer aux préparatifs de cette messe noire[7], facturée à la fameuse Lilith quelques trois cents pistoles… mais l'amour du roi n'avait-il pas, au moins ce prix là ?

La Voisin avait réclamé des louis supplémentaires pour le nourrisson que l'on tuerait lors de la cérémonie, ce qui lui avait été accordé. Elle avait chargé Guibourg de lui trouver un enfançon, qu'importe de quel sexe, pour le soir venu.

Le cabinet de Catherine avait été aménagé pour l'occasion : de lourdes tentures avaient été posées devant les fenêtres, obscurcissant la pièce. Une fois cette dernière rendue sombre, on s'éclaira de bougies et chandelles pour y voir en cet après-midi.

Marie-Marguerite se chargea de pousser les meubles tandis que Jehanne installait un matelas de plumes d'oies sur des sièges afin

---

[7] Ce sera la seule cérémonie à laquelle elle participera de façon active et passive. Tout ce qui est décrit dans ce chapitre est authentique et issu d'un témoignage postérieur de Marie-Marguerite.

de le rehausser. Elle posa ensuite un tabouret à chaque bout et, satisfaite, mit des candélabres et autres chandeliers dans les coins qui, le soir venu, seraient allumés tandis qu'on éteindrait les torches afin de rendre l'atmosphère digne d'une pièce de théâtre.

Jehanne prépara des alcools pour Etienne Guibourg et sa maîtresse ainsi que le coutelas qui servirait à appeler Asmodée céans... Lilith – on ne disait pas La Montespan même si le nom était sur les lèvres !- en appelait au diable, ce soir, pour qu'à nouveau le roi l'aimât encore, lui fasse un autre enfant et la conserve comme sa favorite.

Pauvresse, songea Catherine en vérifiant que tout était prêt, quelques minutes avant que le carrosse de La Montespan ne se gare plus loin de la rue Beauregard – on finirait à pieds !-, comme si la vie de cet enfançon allait changer quoi que cela soit.

La Voisin méprisait souvent l'être humain pour sa sottise. Oh, certes, il s'agissait là de son fonds de commerce que de cette pseudo-sorcellerie. Et tant qu'il y aurait des sots pour y croire, elle croulerait sous les demandes et les commandes de filtres... mais, sincèrement, se dit-elle, il y a des fois où je les giflerais toutes plus fort les unes que les autres.

Il avait été question de faire venir La Bosse pour participer à cette cérémonie, une seconde « sorcière » aurait pu être facturée à Lilith… mais comme disait Catherine : moins de gens étaient au courant et mieux cela était.

« Oh, mais qu'il est beau ! s'exclama-t-elle, moqueuse, à l'attention de Guibourg.

-   La paix, La Voisin ! maugréa l'abbé qui portait une chasuble blanche brodée de pives noires. Si vous croyez que cette mascarade m'amuse !

-   Oh, mais oui ! elle vous plait ! vous allez pouvoir enfoncer votre vit dans un con ou un cul avant la minuit !

-   Catherine, pourquoi êtes-vous obligée d'être aussi vulgaire ?

-   Oh, allons, vous préféreriez que je vous serve du « vous allez pouvoir faire l'amour à une jouvencelle ou pratiquer le vice italien avec un mignon » ?

-   Oh, ce que vous pouvez être horripilante ! et je…

Notre-Dame-de-la-Bonne-Nouvelle sonna vingt-trois heures et, aussitôt, l'on toqua à la porte dérobée.

Jehanne, prête à tenir son rôle, ouvrit la porte. Elle découvrit la petite servante de La Montespan, déjà croisée plus tôt, ainsi qu'une femme vêtue d'une robe de brocart rouge sang et d'une capeline épaisse malgré la douceur de cette nuit de mai.

- Bien le bonsoir, Lilith, salua Catherine.
- Bonsoir…

Cette voix… Jehanne la reconnaissait : l'inconnue qui était venue plusieurs fois, « en urgence », consulter… l'anonyme du château de Villebouzin où l'on avait sacrifié un enfançon… ainsi donc, depuis tout ce temps, il s'agissait d'Athenaïs de Montespan, favorite du roi, aimée de beaucoup à la cour, si proche du pouvoir… La Montespan dont le mari, se sachant cocu, avait fait installer des cornes de cerf sur son carrosse et paradait ainsi dans Paris et à Versailles où le roi, n'ayant guère gouté à la provocation du plaisantin, avait demandé à l'époux de sa favorite de ne plus paraître ![8]

Jehanne vit alors La Montespan ôter sa capeline puis, tout naturellement, sa robe que sa domestique ramassa.

Elle sourit à cette dernière lorsqu'elle releva la tête, les bras chargés des vêtements de sa maîtresse mais n'eut, en retour, qu'un regard triste et désabusé.

En bonne physionomiste qu'elle était devenue, Jehanne ne put que constater que,

---

[8] Voir « *Le* Montespan », Jean Teulé, Julliard, 2008

visiblement, l'endroit ne plaisait guère à la jeune fille qui devait avoir le même âge qu'elle… presque seize ans, sans doute.

Le regard de Jehanne coula vers Guibourg qui, avec sa soutane blanche, aurait pu ressembler à un saint mais dont la mine perverse contrebalançait l'habit angélique. Avec une petite moue satisfaite, Jehanne constata que l'homme de Dieu affichait une petite mine dégoutée devant le corps blanc et laiteux d'Athenaïs qui, usé par les grossesses, n'était qu'une pâle copie de la beauté qu'il fut, à ce que l'on disant, naguère.

Le ventre rebondi, les cuisses épaisses, le visage un peu bouffi et les yeux cernés, La Montespan n'était plus au zénith de sa fraîcheur… on comprenait mieux, se dit Jehanne, pourquoi le roi n'en voulait plus et lui préférait d'autres compagnies comme celle d'une certaine madame Scaron, nourrice attitrée de ses enfants illégitimes.

« Je vous suis, dit-elle simplement.

La Voisin la prit par la main et la guida jusqu'à la cuisine d'où on atteignit le jardin puis le cabinet de devineries.

L'empoisonneuse était vêtue d'une nouvelle robe de velours rouge cramoisi achetée quelques jours plutôt pour la cérémonie. Pour une fois, le bonnet blanc sur sa tête était de toile noble.

Enfin, La Voisin s'était légèrement fardée et portait colliers, bagues et larmes… Jehanne la trouva en beauté et se promit de lui dire. Après tout, cela n'était-il pas vrai ? et cela ne changeait-il pas de l'ordinaire où Catherine avait un visage blanchâtre, des habits de qualité moyenne et aucun bijou ?

Marie-Marguerite, attendant dans un coin, se leva prestement et fit une révérence tandis que Guibourg, après avoir mis une main aux fesses de la servante de La Montespan, refermait la porte.

D'ailleurs, ladite servante avait été priée d'attendre dehors tandis que l'on officiait… elle pourrait néanmoins, si elle le souhaitait, se rendre à la cuisine pour se servir un verre d'eau ou une collation.

On en était là lorsque La Voisin fit s'allonger La Montespan sur le matelas surélevé. Guibourg se servit un verre de Xérès tandis que Jehanne et Marie-Marguerite, côte à côte, attendaient les ordres.

- Bien, lança le curé, nous allons procéder et appeler à nous Belzébuth. Que souhaitez-vous quémander au Prince des Enfers ?

- L'amour du roi ! encore et toujours ! et, pourquoi pas, un nouvel enfant…
- Qu'il en soit ainsi ! s'exclama le vicieux en sentant, à la vue du sexe de l'étendue, une érection poindre. Que la messe commence !

Jehanne sortit alors un napperon d'un coffre tandis que Marie-Marguerite sortait un instant du cabinet pour se rendre dans les communs où l'enfant, trouvé devant un couvent, dormait.

Jehanne comprit, en voyant les épaules tremblantes de Marie-Marguerite, que cette dernière passait un mauvais moment et aurait sans doute préféré être loin de tout cela… mais, après tout, n'était-ce pas elle qui avait demandé, pour faire honneur à son nom et à sa mère, à être céans ?

Guibourg plaça le petit napperon sur le ventre de La Montespan et y posa calice et crucifix.

- Que cette messe, en l'honneur du diable, puisse permettre à ce ventre de se remplir d'un fruit ! lança La Voisin qui en était à son second verre de Porto.
- Amen ! dire les trois officiants présents ainsi que la participante.
- Que le sang d'un innocent soit versé et bu. Et que s'abattent les Ténèbres !

Entra alors Marie-Marguerite tenant un paquetage silencieux. Elle se rapprocha de sa mère et lui murmura que le nourrisson, sans doute né prématurément, était mort.

« On s'en accommodera !

Le sang ne coula que très peu lorsque la gorge de l'enfançon fut ouverte d'un bout à l'autre par Catherine tandis que Jehanne observait la scène.

Guibourg, assis sur le tabouret aux pieds de La Montespan, regardait tout cela avec stupre.

« Je n'y arrive pas ! s'exclama Catherine.

-   Oh, mais je vais le faire ! répondit avec excitation l'abbé.

Il se leva, prit le couteau et transperça le cœur du bébé qui, alors donna plus de sang, suffisamment pour remplir la moitié du calice.

« Que ce sang versé donne force et pouvoir à celui qui le boira ! qu'un bal pour Lilith soit à nouveau donné et que le fruit de cette cérémonie soit à la gloire du Diable ! ».

Alors, il tendit la coupe à Athenaïs qui s'en saisit et but avidement tandis que Marie-Marguerite prenait le corps du bébé et l'emmenait à la cuisine afin de s'emparer du cœur transpercé qu'elle avait ordre de réduire en miettes puis de mettre en fiole afin que La Montespan en disperse dans la nourriture du roi et, qu'ainsi, la magie opère…

23

Paris, 1677

Assise à son secrétaire, La Voisin faisait ses comptes, constatant avec une joie féroce que les recettes étaient, ces derniers temps, en forte hausse.

Juin s'étirait mollement et une douce chaleur, conjuguée à un doux soleil, emplissait la chambre de Catherine qui se trouvait au premier étage de la belle maison de la rue Beauregard.

L'été approchait et, avec lui, le départ d'une partie de la cour pour Fontainebleau où le roi, la Reine, Monsieur et toute sa clique aimaient à flâner, jouer en extérieur, ripailler à tout moment du jour et de la nuit, se gaver de sorbets et d'alcools frais jusqu'à une heure avancée de la nuit.

Quelque part, se dit La Voisin, ce sont des vacances pour moi… et comment vivre lorsque son commerce était à l'arrêt si ce n'était sur ses économies ?

La Voisin sortit une énième bourse de l'un des profonds tiroirs de son bureau, en extirpa louis et pistoles et commença à compter…

Jusqu'à tard dans l'après-midi, la devineresse aligna les chiffres, fit sa comptabilité et, enfin, rangea le plus gros entre des lattes du parquet où elle avait, des années avant, creusé un trou… dedans, des lettres, des pièces, des bons au porteur ainsi que quelques bijoux. Tous étaient des paiements que La Voisin gardait ici, à l'abri des regards indiscrets. Contrairement à Marie-Marguerite qui ne savait rien cacher, Catherine, elle, savait parfaitement dissimuler les choses.

Vêtue d'une robe de velours bleu toute simple, elle descendit dans l'idée de prendre un apéritif avant de déguster une salade, des tomates, un bout de brie et, peut-être, une glace à l'eau fruitée dont, à Versailles, on avait le secret. Secret qu'elle avait appris par une énième indiscrétion lui permettant ainsi de réaliser elle-même le sorbet, sorbet que, présentement, Jehanne maîtrisait aussi.

« Madame, un billet pour vous ! s'exclama cette dernière, surgissant de l'office.

Quand on pense au loup, il sort des bois, se dit Catherine avec un bon sourire. Ah, tout n'allait-il pas merveilleusement bien dans sa vie ? du travail depuis des mois, quelques semaines de repos à venir, de l'argent à en sortir par les narines et un réseau de presque cent empoisonneuses à travers toute la France[9]

---

[9] Chiffre retenu par l'Histoire.

! ces dernières rapportaient gros à La Voisin qui leur fournissait potions, onguents et autres poisons. Et que dire de ces conseils qu'elle distillait et qu'elle facturait ? tout n'allait-il pas mieux dans le meilleur des mondes ?

- Qui te l'a fait apporter ? questionna la grosse femme en s'asseyant dans une bergère faisant face à la cheminée éteinte.

- Je ne sais… jamais je n'avais vu ce jeune homme… il était fluet et maniéré. J'ai compris qu'il n'était pas de ceux qui s'intéressent aux femmes… il m'a juste tendu le pli avec une moue désagréable, comme si venir céans l'ennuyait.

- Que me racontes-tu là ? s'interrogea La Voisin. Je ne fais point commerce avec Monsieur et ses mignons…

Jehanne haussa ses épaules devenues rondes sans être grasses et retourna à la cuisine où elle s'activait à nettoyer les fruits et légumes pour le repas.

Catherine décacheta la missive et déplia cette dernière, son regard se fronçant au fur et à mesure qu'elle la lisait.

Non, tout n'allait finalement pas bien en ce bas-monde ! elle déchira le pli, jeta les minuscules bouts de papier dans la cheminée et se mit à réfléchir avant d'appeler Jehanne qui arriva quelques instants plus tard.

- Oui, da, ma dame ?
- Nous avons un problème… Mahaut, la servante de Lilith, commencerait à avoir la langue bien pendue…
- Ah…

Jehanne savait que cela serait inévitable. Elle avait lu le dégoût dans le visage de la jeune fille. Elle avait vu une sorte d'horreur s'emparer de son corps lorsque La Montespan était ressortie nue et ensanglantée du cabinet de Catherine. Elle avait, enfin, grâce à la physionomie, comprit que Mahaut – puisque c'était son prénom - n'allait pas tarder avant de flancher…

« Cela ne me surprend guère, continua Jehanne en expliquant ce qu'elle avait constaté. Je crois qu'il va falloir régler le problème de façon… radicale.

- Que proposes-tu ?

Une pointe de fierté se ficha dans le cœur de Catherine. Ainsi donc sa pupille commençait à penser et raisonner comme elle. Quel bon travail avait-elle fait !

- Aller à Versailles et faire boire à cette pie bien bavarde une fiole de notre composition.
- Impossible ! si elle te voit, jamais elle n'osera goûter à ce que tu lui prépareras ! réfléchis encore !

Catherine savait plus ou moins ce qu'il convenait de faire. Mais tuer la pipelette à Versailles était trop risqué et jamais, si ladite Mahaut avait la moindre once de bon sens, elle n'accepterait pas de boire quelque chose donné par Jehanne.

- De l'arsenic au long cours ?
- Ah, et qui va lui administrer ? demanda Catherine.

Cette solution était, de plus, inenvisageable puisqu'il fallait aller vite et agir rapidement… car pour que La Montespan fasse porter un billet ici c'était qu'elle s'inquiétait… et que le temps était compté.

- La faire venir ici et l'estourbir ?
- Comment ?
- Hum… elle entre, vous la faites venir dans la cuisine et, de derrière, je surgis… pour lui trancher la gorge. Nous enterrerons le corps dans le jardin… avec les autres bébés et nourrissons dont nous nous sommes servis pour nos poudres et messes noires.

Mon pauvre jardin va finir comme une taupinière, se dit Catherine, trouvant l'idée parfaite, rapide et efficace.

- Je suis d'accord avec toi… je vais répondre à Lilith et lui ordonner de m'envoyer cette Mahaut dès que possible… une fois là, tu agiras.

- Il faudra nous assurer que Marie-Marguerite ne soit pas dans les parages.

- Oh, cella là ! s'agaça Catherine. J'ai cru, un instant, que l'on pourrait en tirer quelque chose. Mais la dernière cérémonie m'a convaincue du contraire… cette oie blanche a failli tourner de l'œil lorsqu'elle m'a tendu l'enfant mort… franchement, on n'a pas idée ! occupe-toi du couteau, j'enverrai Marie-Marguerite quelque part lorsque nous ferons venir Mahaut.

- Eh bien, sinon, qu'elle vienne en journée ! votre fille sera en étude et, de plus, une disparition est moins visible en plein jour que la nuit. Veillez aussi à ce que La Montespan nous envoie un cocher de confiance qui reparte et, jamais, ne parle ! ».

Catherine n'avait pas pensé à ce paramètre mais se chargea d'en faire part à Athenaïs qui, ravie de voir le problème réglé rapidement, fit aller, rue Beauregard, Mahaut.

A peine cette dernière eut-elle la gorge tranchée que le cocher repartait vers Versailles, le carrosse vide, ne laissant aucune trace de la petite servante qui n'avait eu que de malheur de ne point goûter les cérémonies démoniaques de sa démone de maîtresse…

24

Paris, 1677

Par une chaude soirée de juillet, on frappa à la porte de l'angle de la rue Beauregard. Interloquée, Jehanne regarda la grosse horloge dans l'entrée et constata qu'il était presque vingt-deux heures.

Saoule, Catherine était montée se coucher voilà un moment et, présentement, ronflait sans doute. Marie-Marguerite vaquait à ses occupations dans la chambre et seule Jehanne s'activait encore dans l'office, nettoyant ce dernier avant d'aller se coucher.

A maintenant quatorze ans, se sentant ici chez elle – et ne l'était-elle pas ?-, rôdée aux divers commerces de sa bienfaitrice, Jehanne se dirigea vers la porte et l'ouvrit. Il ne pouvait pas s'agir de Mahaut dont le cadavre pourrissait dans le jardin. La Montespan aurait-elle trouvé nouvelle servante pour ses obscures commissions ?

La femme qui lui fit face avait le port altier, le visage rond aux traits racés. Vêtue d'une robe bouffante bleue et d'un mantel se séparant au niveau des genoux pour tomber en deux pointes qui foulaient le sol, elle avait le teint

171

laiteux et le visage fardé des gens bien en cour.

Jehanne se demanda s'il ne s'agissait pas d'une nouvelle cliente : on était en plein été et la cour avait migré à Fontainebleau, peut-être que l'une des noblaillonnes, pas assez connue du roi ou de ses proches, était confinée à Paris ou à Versailles et cherchait à connaître sa bonne fortune.

« Oui, da ? demanda Jehanne avec méfiance. Certes, la physionomie, qu'elle maîtrisait maintenant à la perfection, lui montrait que la femme en face d'elle savait ce qu'elle voulait, qui elle était et où elle se trouvait… pas une brebis égarée ou une oie blanche pétrifiée à l'idée que l'on sache qu'elle se rendait chez La Voisin…

- Je suis au service de madame de Montespan, lâcha la femme après avoir retourné le salut. On m'appelle mademoiselle Des Œillets. Puis-je entrer ? l'on m'a chargée d'une mission.

Jehanne en resta coite : d'ordinaire, on ne prononçait guère de nom et encore moins à voix haute ! qui était donc cette étrange femme ?

- Je ne sais, ma demoiselle, lui répondit Jehanne, courtoisement. Ma maîtresse est au lit et je ne puis prendre de décision sans elle.

- Allons, ma petite… ne me faites pas passer pour plus idiote que je ne le suis. Vous êtes la petite Jehanne, c'est bien cela ?

Personne n'était censé connaître son nom si ce n'était les gens de son entourage… La Montespan avait dû l'entendre lors d'une cérémonie, c'était là la seule réponse plausible et possible.

- Oui, da, ma dame.
- Madame de Montespan, donc, aurait besoin d'un filtre de votre maîtresse… je me charge de la commission. Mon carrosse m'attend plus bas dans la rue. Puis-je entrer, un instant, que nous puissions faire l'échange tranquillement ? demanda-t-elle en montrant une bourse attachée contre l'une de ses cuisses.
- Je… oui, da…

Jehanne ne savait trop que faire : d'ordinaire, La Voisin était toujours présente lorsque des gens passaient par cette entrée dévoyée à son art occulte… mais La Voisin lui avait aussi toujours dit de faire confiance à son instinct et que l'étude du corps, des manières et des traits des individus ne mentant jamais, il fallait aussi s'y fier.

Mademoiselle Des œillets ne lui inspirait guère une confiance aveugle et débordante mais elle semblait sincère dans sa démarche… après tout, que risquait-elle ?

Certes, elle avait entendu des bruits de couloir en faisant le marché : des servantes parlaient de leurs gens qui aimaient à se faire lire les cartes ou payer pour que le ciel leur dévoile leur avenir. On commençait à parler de sorcellerie à Versailles, selon Marie Bosse dont les oreilles et la bouche étaient bien trop souvent ouvertes, ce qui avait l'heur de déplaire au roi… mais, pour le moment, les choses n'allant guère plus loin, toutes les empoisonneuses, devineresses, oracles et autres marchandes de potions continuaient leurs différents arts…

- N'ayez crainte, mon enfant, lui dit Des Œillets tandis que la porte se refermait, je suis une femme de chambre honnête et loyale envers ma dame.

- Je vous crois… mais comprenez que je ne vous connais point !

- Oh mais vous allez apprendre, sourit la trentenaire, je suis la dame de confiance d'Athenaïs et, aussi, plus officiellement, sa dame de compagnie… depuis que Mahaut nous a quittées… on ne saura jamais ce qu'il sera advenu d'elle, d'ailleurs…

C'était une constatation et non une question… de toute façon, jamais Jehanne n'irait raconter ce qu'il s'était passé ce jour-là… la lame qui tranche la gorge, le sang chaud qui jaillit de la plaie, la malheureuse qui porte les mains à son cou dans une vaine tentative pour contenir le flot… puis la mort, rapide, efficace, survenant d'un seul coup et balayant à jamais l'existence de la gamine. Le trou, enfin, qu'il avait fallu creuser dans le jardin déjà plein d'ossements de bébés, de corps en décomposition de nourrissons. Catherine en brûlait une bonne partie mais elle ne pouvait tout faire disparaître dans les âtres de sa belle demeure ni dans le poêle de la cuisine… l'odeur était particulièrement prenante, comme ces cochons de lait que l'on fait rôtir des heures en les arrosant de leur propre graisse suintant par tous les pores.

« Tenez, lui dit Des Œillets, en lui tendant une bourse et un message. Pour vos services. Athenaïs m'a dit de vous attendre ici le temps que vous alliez chercher ce qu'il fallait… à tout de suite !

Derrière cette phrase simple se cachait un ordre et, après avoir lu la missive – dont elle reconnut la plume !-, Jehanne se rendit rapidement au cabinet de divination, ouvrit le placard à potions et en sortit une d'une couleur jaune pisse d'âne. Un filtre d'amour.

Jehanne en aurait ri : si La Montespan savait ce qu'il y avait dedans, jamais elle n'aurait payé plus d'une pistole !

Elle referma et retourna dans l'entrée où la petite flasque transparente disparut dans les tissus de La Des Œillets aussi rapidement que la bourse dans les mains de Jehanne.

« Je vous remercie, ma demoiselle, salua sincèrement la dame de compagnie. J'espère vous revoir bientôt !

-   La bonne nuit, ma dame… ».

Jehanne ferma la marche et la porte derrière Des Œillets qui, dans la nuit, disparut rapidement. Elle retourna ensuite dans le cabinet de divination, déchira en maints petits plis le billet, posa la bourse sur le bureau de Catherine et nota, sur une feuille, la date, l'heure ainsi que la commande retirée en indiquant qu'il s'agissait de Lilith grâce à la lettre L tracée, à côté de ces informations, en majuscule.

Satisfaite d'elle-même, savourant cette nouvelle confiance en sa modeste personne, Jehanne retourna à son office pour terminer son ménage sans s'être rendue compte que, de sa chambre, Marie-Marguerite la regardait d'un œil mauvais…

25

« J'ai dans l'idée que Jehanne pourrait, peut-être, partir à Versailles.

Marie Bosse manqua recracher son vin de Porto bien frais qu'elle dégustait dans le jardin de la rue Beauregard, La Voisin face à elle, autour d'une table en fer forgé.

Il faisait très chaud en ce mois de juin et le soleil, tapant fortement, obligeait les gens à rester chez eux, volets fermés. Seuls les plus nantis, possédant maisons et jardins, pouvaient prendre l'air l'après-midi à l'ombre d'un chêne ou d'un saule-pleureur.

« Oh, La Bosse, cesse donc tes enfantillages ! on croirait que je t'annonce être enceinte d'Etienne.

L'image de Guibourg s'unissant avec La Voisin donna une vague nausée à Marie, ces deux êtres étant épouvantablement laids et disgracieux… d'ailleurs, elle ne comprenait toujours pas comment l'abbé pouvait-il ainsi enchaîner les maîtresses et amants alors qu'il était maigre comme un clou, d'aspect peu avenant, respirant le sexe sale et le vice… à croire que son aura faisait le reste, se disait la devineresse, toujours perplexe.

« Je te disais donc que je vais sans doute envoyer Jehanne près de madame de Montespan qui, parait-il, se serait difficilement remise de la disparition de Mahaut.

Athenaïs avait, en effet, versé maintes et maintes larmes lorsqu'on lui avait appris que sa petite servante avait disparu. Le cocher avait en effet raconté que la jeune femme avait demandé à être déposée près de Notre-Dame voulant faire une action de grâce, action de grâce dont elle n'était jamais revenue… le cocher avait alors cherché, en vain, la môme avant de rentrer à Versailles, bredouille.

Le roi avait fait envoyer quelques policiers mais il avait réagi exactement comme La Montespan l'avait espéré. En effet, une fois les deux hommes de lois revenus sans information aucune, sans Mahaut ni même le début d'une petite piste, Louis XIV avait demandé à sa favorite de laisser faire… en deux mots, d'abandonner… pour lui, la petite Mahaut s'était jouée du conducteur et de sa maîtresse, ayant dû retrouver un amant ou un amoureux quelconque devant la cathédrale pour s'enfuir avec… affaire classée par le monarque qui, pour réconforter sa belle, l'avait bélinée…

Le poisson étant gros, il fut sagement avalé par toute la suite de La Montespan qui, à son tour, oublia bien vite Mahaut. Cette petite sotte n'avait-elle pas mérité son sort ? quelle idée, aussi, de commencer à parler des déplacements pour « des choses étranges » de celle qu'elle servait ? heureusement, s'était dit Athenaïs, que La Voisin a vite agi et trouvé un plan parfait !

Catherine avait d'ailleurs reçu un billet sibyllin la remerciant pour son aide si précieuse ainsi que quelques louis en guise de supplément pour « le temps et les efforts demandés ».

- Et d'où te vient cette idée ? lui demanda La Bosse, la faisant revenir au présent.
- Mademoiselle Des Œillets est venue quérir une potion, un soir sans lune et…
- Garde tes effets pour toi, la belle ! s'exclama La Bosse en se faisant de l'air avec son éventail représentant, une fois déplié, une scène champêtre.

Elle portait une robe de brocart toute simple aux manches lui arrivant au milieu des bras lui donnant un peu d'air. Ladite robe était largement ouverte sur sa gorge et laissait deviner des chevilles graciles, tout l'inverse de Catherine qui, engoncée dans une robe de velours épais, transpirait à grosse goutte, les verres de Xérès frais ne changeant rien à son état si ce n'est l'empirant, l'alcool lui tournant la tête.

- Oui, da, pardon. Donc cette Des Œillets est venue un soir où je dormais.
- Quoi ? depuis quand tu autorises les visites impromptues de nuit ?
- Je sais… mais, visiblement, il s'agissait d'une urgence.
- Ah… je crois savoir de quand il s'agit. Lilith voudrait un autre enfant du roi mais sa dernière tentative remonte au « départ » de Mahaut… elle aura voulu verser quelque filtre pour aider ce bon Louis à retomber dans ses rets !

Les deux femmes rirent méchamment, se moquant de La Montespan qui croyait réellement que les potions à base d'eau, de sureau, de baies et autres graines de pavot avaient le moindre effet sur les sentiments des uns et des autres.

- Jehanne a donc dû prendre en charge seule cette cliente inopportune et lui a donné le bon flacon. Elle a parfaitement respecté mon protocole et a même noté, de façon codée, pour qui était le filtre.
- Tu peux être fière de cette petite ! s'exclama Marie, pas surprise du tout par Jehanne. Je le vois depuis deux années,

maintenant. Tu en as fait une fille bien qui sait son monde, sa place et connaît, présentement, nos manières.

- Oui, da…

C'était vrai que Jehanne lui apportait cette fierté que Marie-Marguerite n'avait pas. N'avait-elle d'ailleurs pas giflé sa fille, venue moucharder qu'elle avait vu, nuitamment, Jehanne se rendre à son cabinet ?

Humiliée de nouveau par cette mère dont elle espérait encore et toujours l'amour, Marie-Marguerite avait décidé de passer l'été dans un couvent avant d'entamer une dernière année d'étude avec son précepteur.

Catherine aurait voulu que Marie-Marguerite reprenne sa suite ou, du moins, l'aide au quotidien dans cette gestion de plus de cent empoisonneuses, dans la préparation des potions, dans l'organisation des messes noires… mais elle avait fait son deuil de cette fille qui, au final, ne lui ressemblait que physiquement contrairement à Jehanne qui était faite du même bois qu'elle.

« La Des Œillets m'a alors écrit un courrier me vantant les mérites de Jehanne et me demandant si je verrais un inconvénient à la faire devenir dame de compagnie de La Montespan.

- Tu aurais tout à y gagner : un pied à Versailles, deux oreilles itou.

- Oui, et une sorte de comptoir sur place… Jehanne y serait, en quelque sorte, ma suite.

- C'est une bonne idée… mais tu devrais la mettre à l'épreuve encore une ou deux fois pour être sûre que, là-bas, sans toi, elle saura se débrouiller.

- Oh, tu sais, elle n'a rien oublié de ses années dans la rue à mendier, voler et duper.

- Fais-lui te rapporter un bébé pour une messe noire. Si elle y parvient, c'est qu'elle est mûre pour voler de ses propres ailes ».

Catherine n'y avait guère pensé mais l'idée lui paraissait excellente : n'était-ce pas, aussi, leur rôle d'officiante que de fournir tout le matériel pour une messe noire ?

Alors, La Voisin sourit et se servit un autre verre de Xérès. Oui, elle allait mettre Jehanne à l'épreuve une ultime fois et, si elle arrivait à satisfaire sa demande, elle l'enverrait à Versailles où elle pourrait s'occuper d'encore plus de monde depuis chez elle et engranger encore davantage de louis…

26

Paris, 1677

Trouver un bébé en plein mois de septembre était une mission délicate, Jehanne le savait. Certes, à l'année, des femmes accouchaient et laissaient leurs fruits devant les couvents, les églises, les hospices. Mais, souvent, cela arrivait tôt le matin ou tard le soir. Avec ce soleil qui se couchait encore bien tard et se levait encore bien trop tôt à son goût, Jehanne passait, avant la demie de cinq heures devant les lieux qu'elle savait être propices à la trouvaille d'un nouveau-né.

Quelle idée ! se dit-elle une énième fois, tandis que vêtue d'une énième robe en toile grossière, elle battait le pavé vers le quartier central de Paris où quelques temps avant des marais avaient été asséchés. Pourquoi me confier à moi cette mission ? d'ordinaire, n'était-ce pas Guibourg qui ramenait l'enfançon ?

Elle avait, dans un premier temps, pensé à l'interroger pour savoir où il s'approvisionnait en gamins mais avait renoncé pour plusieurs raisons. Dans un second temps, La Voisin lui avait toujours appris que moins de gens étaient dans le secret et mieux cela valait. Ne savait-on jamais ! et si l'idée, un jour, de trahir, lui venait, pour sauver sa vie ?

Catherine, sans être alarmiste et inquiète outre-mesure, lui avait parlé des risques de ce métier : arrestation, supplice de la question, procès puis la place de Grève où l'on brulait vif, où l'on tranchait les têtes. Aussi, elle s'était refusée à jouer la facilité d'aller toquer chez Etienne.

Dans un second temps, se retrouver face à cet homme pervers, ce satyre qui n'aimait rien d'autre que de jouir par tous les moyens et avec n'importe qui, ne la tentait guère.

Oh, certes, comme toute jeune fille de son âge, son corps commençait à réagir à la vue de beaux jeunes hommes, de preux chevaliers, de sombres policiers. Des envies émergeaient, travaillant son corps et son esprit… n'avait-elle pas eu envie que le fils du poissonnier, qui avait dans ses âges, ne lui fasse la chose dans une venelle sombre du quartier ?

Le corps humain n'avait plus de secret pour Jehanne : Catherine lui en ayant montré chaque partie dans des bouquins, les parties intimes s'étant révélées seules lors des cérémonies durant lesquelles Jehanne avait vu cons et culs… quant à l'acte en lui-même, il lui suffisait de fermer les yeux et de voir les fesses blanches de l'abbé Guibourg se faire pénétrer par un valet tandis que lui-même s'enfonçait dans le ventre d'une noble venue quémander à Asmodée une quelconque aide...

Mais entre voir, savoir et faire il y avait des écarts et Jehanne n'était pas prête à passer au niveau supérieur. Pour le moment, elle se refusait à goûter aux joies de l'amour, préférant continuer à engranger le maximum de connaissances quant aux arts divinatoires... elle ne pouvait ni ne devait décevoir La Voisin ! et encore moins maintenant que cette dernière la laissait assister à des entretiens dans son cabinet où elle la laissait faire tourner le marc de café pour y lire dedans...

Alors qu'elle repensait à ce cochon de Guibourg, elle vit une ombre, tenant un paquet dans les mains, longer les murs.

Jehanne était à pieds, le carrosse de La Voisin étant resté rue Beauregard, jugé trop voyant par tous.

Elle plissa ses jolis yeux bleus et un sourire, un peu mauvais, étira ses lèvres fines. Ma main à couper que cette damoiselle vient se débarrasser de son gamin...

Ses vieux instincts de fille des rues reprirent le dessus et, furtivement, elle se glissa derrière la jeune femme ou jeune fille, elle ne savait pas, tant l'autre était emmitouflée dans des châles.

Pas de pleurs de la part de la mère… peut-être n'était-ce, au final, qu'une servante, chargée de faire disparaître le résultat d'amours extraconjugales ?

Jehanne, sans s'en rendre compte, analysa comment marchait sa proie. Vite, d'un pas vif, ne se retournant pas, persuadée que si elle ne voyait rien, on ne la verrait pas… une bête traquée, songea-t-elle, qui regrette ce qu'elle va faire mais sait qu'elle n'a pas le choix si elle veut offrir meilleure vie à son enfant… elle ne pleure par car elle ne veut pas attirer qui que cela soit, sachant pertinemment qu'il y aura toujours une vieille commère derrière ses volets pour l'observer.

Fière de son analyse, elle ralentit le pas lorsque la femme tourna à droite en direction de Saint-Eustache.

L'église, d'inspiration gothique en pleine renaissance, avait vu sa façade occidentale modifiée lorsque Colbert avait décidé, une dizaine d'année plus tôt, d'y ajouter deux petite chapelles… c'est vers l'une d'elle que se dirigea la mère…

Jehanne se cacha dans une ruelle et attendit quelques instants, jetant des regards furtifs vers l'édifice qui abritait un autel dédié à

Sainte-Agnès en souvenir de la première église construite céans à son attention.

Enfin, la femme fit quelques pas en arrière, resserra ses châles et se retourna avant de partir en courant. Jehanne crut voir des larmes et entendre un sanglot étouffé lorsqu'elle passa à côté d'elle, trop pressée et tourmentée pour la remarquer.

Jehanne sortit de sa cachette et se déplaça, tel un chat dans la nuit, vers le petit paquet posé s'une l'une des marches menant à l'église. Elle savait devoir agir vite avant qu'un moine ou des moniales ne trouvent le bébé et ne l'emmènent à l'intérieur avant de l'envoyer dans un orphelinat.

Elle sourit en constatant qu'il s'agissait bien d'un enfant qui, inconscient de ce qu'il se jouait ici, dormait.

Elle le prit dans ses bras et fit demi-tour. Le chemin du retour s'annonçait plus léger pour Jehanne et lorsque l'enfant remua et ouvrit les yeux, elle accéléra le pas. Elle savait ne pas devoir être vue et trouvée avec ce nourrisson à cette heure indue faute de quoi elle serait prise pour une mère allant abandonner son gosse…

Elle n'était plus qu'à quelques encablures de chez elle lorsque l'enfançon piailla. Alors, pour la première fois depuis qu'elle l'avait trouvé, elle le regarda.

Son cœur se serra et des papillons s'emparèrent de son ventre. La frimousse, innocente et souriante du bébé, lui vrillèrent le palpitant.

Non, non, non ! ne t'attache pas ! s'admonesta-t-elle, il n'est ni pour toi, ni à toi ! il s'agit d'une commande pour Dame Catherine qui en a besoin pour ses affaires ! il n'existe pas, ce n'est qu'un objet qui servira pour officier !

L'objet en question remua et poussa un petit vagissement. Jehanne s'arrêta alors en pleine rue. Que faire ? d'un côté, sa conscience lui disait de laisser ce bébé devant Notre-Dame-de-la-Bonne-Nouvelle, juste à côté, où elle savait que les sœurs le recueilleraient. Elle dirait à Catherine n'avoir rien trouvé et, la messe noire ayant lieu de lendemain, elle n'aura pas à retourner à la chasse aux tout jeunes mômes… son autre petite voix lui soufflait qu'elle allait décevoir Catherine, sa mère de cœur, et que, bien qu'il s'agisse d'un crime que d'enlever – pour le tuer de surcroit !- un enfant, elle baignait déjà dans les méfaits de La Voisin… un peu plus, un peu moins…

Oui, mais il s'agit d'un être vivant ! siffla sa bonne conscience.

Tu parles ! abandonné par sa mère ! si ça se trouve, il serait mort avant Vêpres, de toute façon ! contrebalança une autre voix.

Au loin, elle entendit un clocher sonner la demie de six heures. Catherine n'allait pas tarder à rentrer de son office ! et les autres commères avec ! que faire ?

Le bébé gigota et poussa un petit gémissement. Il devait avoir faim… je vais l'emmener à la maison et le nourrir, nous verrons plus tard…

Alors, Jehanne passa la porte de la rue de Beauregard, son paquet vivant entre les mains, plus perdue qu'elle ne pensait l'être et se demandant comment les Guibourg et autre La Bosse pouvaient enchaîner pareilles occupations sans sourciller ni éprouver le moindre sentiment…

27

« J'ai vraiment cru qu'elle allait se mettre à pleurer, dit Catherine à La Bosse en reposant son verre de Porto.

- À ce point ? il ne s'agissait pourtant pas de son enfant !

- Elle est encore jeune et les sens en émoi… je ne sais pas à quoi je m'attendais d'autre.

Les deux femmes, vêtues de robes de velours vert pour Marie et grise pour Catherine, discutaient dans le cabinet de cette dernière. L'air était devenu doux, les feuilles marron, orange et jaunes, tombaient tandis que les jours raccourcissaient. Octobre était là avec son soleil d'automne, ses températures douces et ses pluies fréquentes.

- Je comprends… peut-être n'est-elle, tout simplement, pas mûre.

- Si… mais j'aurais dû commencer par lui demander de réduire un cœur d'enfant en poudre… on serait ensuite passé à tenir le bébé pendant que Guibourg lui tranchait la gorge lors d'une cérémonie… et aviser par la suite ! je l'ai toute tourneboulée.

- Peut-être mais, en attendant, elle t'a donné satisfaction.

Catherine ne pouvait qu'acquiescer. En rentrant de la messe, elle avait trouvé, avec fierté, sa Jehanne avec ce qui lui avait été demandé pour officier le lendemain soir… néanmoins, lorsqu'elle avait vu le visage de sa protégée, elle avait compris que quelque chose n'allait pas.

Jehanne avait décidé de ne pas mentir à sa bienfaitrice et lui avait tout raconté… et La Voisin avait vite saisi de quoi il en retournait :

- Tu le croiras si tu veux, mais cette petite a l'instinct maternel… elle aura des mômes !

- Oh, mais je n'en doute pas. Tout le monde n'a pas ton … caractère.

- La Bosse, tu as vu qui était mon mari ?

- Oui, un bon à rien dont la mort t'a laissée indifférente si j'en crois le nombre d'amants que tu collectionnes depuis.

D'ailleurs, Marie Bosse se demandait ce que trouvaient les hommes avec Catherine faisait la chose de façon si régulière… elle avait fini par se convaincre que femme gironde et vulgaire attirait sans doute les mâles dans sa couche en faisant ressurgir un complexe d'Œdipe ou les plus vils instincts de tout à chacun… de plus, le tableau qu'offrait La

Voisin n'étant pas des plus affriolants, La Bosse se demandait pourquoi elle s'échinait à faire attention à ce qu'elle mangeait et à marcher régulièrement pour entretenir ses muscles et autres articulations tandis qu'en face d'elle se trouvait un tas au regard fuyant aussi mauvaise que la peste mais qui enchainait les amants comme d'autres les emplois de journalier !

« Et ta fille ? te donne-t-elle satisfaction ?

- Oh que non ! s'énerva La Voisin. Sais-tu qu'elle a recommencé ses foutus carnets ! j'ai dû, à nouveau, tout brûler… je vais lui trouver un mari, cela la calmera !

- Outre le problème que représente Marie-Marguerite, tu conviendras que tu as reporté ton affection et ton allant maternel sur Jehanne.

- Non pas ! tressaillit Catherine.

- Mais ce n'est pas une faiblesse, que Diantre !

- Si, c'en est une : aimer c'est être faible et je refuse de l'être.

- Le mal est déjà fait, sinon tu ne te poserais pas autant de questions et traiterais l'incident comme clos… or, il te turlupine.

La Bosse était aussi fine qu'elle dans l'art de comprendre la nature humaine. La Voisin détestait être, ainsi, lisible. Mais n'était-ce pas la réalité ? Jehanne n'était-elle pas la fille qu'elle aurait aimé et rêvé d'avoir eue ?

- Je vais l'éloigner de céans. Versailles sera parfait, elle n'aura qu'à ouvrir ses oreilles… et à faire le relais jusqu'ici. Elle me servira, aussi, à écouler filtres et potions directement à la cour.

- Oui, c'était l'idée… tu lui en as parlé ?

- Non, pas. J'ai reçu un billet de La Mon… Lilith, tantôt. Elle est d'accord avec l'idée depuis la tragique disparition de Mahaut.

- Cette Lilith est une belle saleté… aller jouer les pleureuses italiennes alors que c'est elle l'instigatrice de cette « disparition »…

- Je suis bien d'accord… et je l'ai bien mise en garde : dans le cas où il adviendrait le moindre malheur à Jehanne…

La Voisin ne termina pas sa phrase mais le ton fit frissonner Marie… qui n'avait d'ailleurs pas besoin de dessin pour comprendre.

Elle savait que Catherine pouvait être la pire des harpies et tuer de ses mains sous l'effet de la colère, de l'alcool, des deux. Elle savait, aussi, que sachant tellement de choses sur toutes et tous, jamais il ne lui arriverait grand-chose de mal tant on la craignait… enfin, elle savait pertinemment que, quoi qu'elle en dise et en pense, elle tenait à Jehanne et ne laisserait rien lui arriver...

« Tu en sais un peu plus sur cette Des Œillets ? demanda La Voisin en les resservant.

- Oui, da... Claude de Vin des Œillets de son vrai nom, fille de comédiens ayant vécu sur les routes avec ses parents toute son enfance... dame de compagnie de La Montespan, aurait eu des aventures avec le roi lorsque ce dernier, trop écœuré par sa favorite, avait envie d'une fleur plus fraîche.

Catherine haussa un sourcil, peu convaincue.

- C'est tout ?
- Oui, da... elle trempe dans nos affaires jusqu'au cou et ne dira jamais rien. Je ne te dis pas de lui faire confiance mais sache qu'elle est de notre côté...
- Tant que le vent ne tourne pas...
- Oui, da... mais, avant longtemps, tu auras une oreille à Versailles qui pourra te dire ce qu'il s'y passe et qui est qui dans ce théâtre humain ! ».

Avant longtemps était un euphémisme : le soir même, Catherine parla avec Jehanne qui, avec entrain, accepta sa mission.

Elle serait chargée d'observer et de rapporter ce qu'elle verrait tout en assurant une continuité dans les affaires de la rue Beauregard…

Tout cela ne l'effrayait guère : elle n'était pas une Mahaut et ne redoutait nullement la colère divine promise aux impies dans ce Siècle de Dieu.

Aussi, avec entrain, Jehanne fit son baluchon… elle allait devoir passer pour une servante auprès de madame de Montespan, plus connue sous le pseudonyme de Lilith ici, aussi ne prit-elle que quelques robes classiques, de qualité moindre et sans ostentation.

On en était là des préparatifs lorsque, et alors que sa mère et Jehanne s'activaient, Marie-Marguerite enfonça sa tête dans les oreillers pour étouffer un sanglot. Pourquoi n'était-ce pas elle qui allait au château ? pourquoi la laissait-on ici avec cette femme dont on disait qu'elle était sa mère mais qui ne l'aimait pas ? oh, Seigneur, tout ceci n'était-il pas injuste ?

Aveugle quant à cette rancœur qui germait dans l'âme de Marie-Marguerite, La Voisin écrivit un billet à La Montespan dans lequel elle indiquait à la favorite du roi que sa nouvelle camériste serait présente quelques jours plus tard…

Épilogue

Versailles, 1677

« Pensez-vous vraiment que cela soit une bonne idée ? demanda à nouveau madame de Montespan à sa dame d'atour.

- Oh que oui ! lui répondu Claude Vin des Œillets en s'éventant, la cheminée des appartements de la favorite rendant l'atmosphère suffocante. Cette jeune fille fera une formidable servante… et nous pourrons, grâce à elle, éviter les déplacements à Paris… dois-je vous rappeler ce qu'il se murmure céans ?

Athénaïs eut un frisson. Elle n'avait guère besoin qu'on lui rapporte, à nouveau, ce qu'il se disait à voix basse dans ce palais majestueux où tout n'était que dorures, tableaux immenses et moulures aux plafonds. Elle savait que La Reynie avait eu vent d'histoires d'empoisonnement et que, tel un chien lancé après un os, il commençait à gratter tout doucement ce joli vernis qu'était Versailles… mais en ayant l'apprentie de La Voisin à ses côtés, La Montespan ne limiterait-elle pas les interactions avec l'empoisonneuse ?

Certes, pour les messes noires, il faudrait continuer à se rendre rue Beauregard ou en orléanais, dans ce castel abandonné de Villebouzin… mais pour le reste, on agirait sur place !

De plus, nombre de femmes en cour auraient recours à Jehanne, c'était l'évidence même, et Athénaïs saurait tenir salon chez elle… elle prélèverait une ou deux pistoles sur la bourse qui partirait ensuite à La Voisin…

Cela satisfaisait tout le monde…

Enfin, l'assassinat de Mahaut avait laissé Athénaïs dans un inconfort dont elle ne se serait jamais doutée : privée d'une femme de chambre au courant de ses activités nocturnes, elle n'avait plus guère que La des Œillets avec qui s'épancher et à qui confier de menues missions… mais La des Œillets n'était guère cameriste ! c'était une dame d'atour pas une servante.

- Tout ce que je veux, c'est que Louis me revienne, qu'il arrête de fureter auprès de la Scarron qui, sous ses yeux de veuve éleveuse d'enfants illégitimes, cache une redoutable séductrice.

La des Œillets se tut, sa vérité n'allant guère seoir à la favorite qui, inconsciente de son état, se croyait toujours jeune, belle, fraîche… alors qu'il n'en était plus rien, beauté fanée par les grossesses et un caractère épouvantable ayant transformé en masque amer ce visage tantôt si désiré.

On toqua à la porte de ses appartements et entra alors un valet en livrée.

- Une certaine mademoiselle Jehanne Deshayes demande audience.

- Oui, da, qu'elle entre !

- Bien, ma dame.

La Montespan ne fut pas surprise que Jehanne ait pris le nom de naissance de Catherine comme patronyme : fille des rues, elle n'en avait aucun… et prendre Montvoisin s'avèrerait risqué ici, les murs ayant des oreilles…

Jehanne entra, le cœur battant la chamade. Bien que le ciel fut gris, les bougies allumés aux lustres dorés suspendus illuminaient la pièce. Elle fit face à Lilith et plongea dans une profonde révérence tandis que le serviteur refermait la porte.

- Point de ça entre nous, jeune fille, lança Athénaïs. Il me semble que tu m'as vue dans bien d'autres états !

- Oui, da…

- Bienvenue, lui sourit alors madame des Œillets. Quelle joie de t'avoir ici ! nous allons pouvoir faire de grandes choses ! ».

Oui, songea La Montespan avec un sourire, nous allons faire de grandes choses… tout ce qui est en ton pouvoir pour me ramener dans le cœur et le lit du roi et, ce, quoi qu'il en coûte…
Jehanne sourit alors. Elle se sentait prête pour cette nouvelle étape de sa vie…

FIN

A Marne-La-Vallée
Le 20 Mars 2022

Jour du printemps !

<u>**Bibliographie sélective :**</u>

- « 1679-1682, l'Affaire des Poisons », Arlette Lebigre, Éditions Complexe (2006).
- « Le temps des poisons »,
    - tome 1 « On a tué la Reine ! », Juliette Benzoni, Plon (2008).
    - tome 2 « La Chambre du Roi », Juliette Benzoni, Plon (2009).
- « La Marquise des Ombres », Catherine Harmary-Vieille, Olivier Orban (1983).
- « Le Siècle de Dieu », Catherine Hermary-Vieille, Albin Michel (2013).
- « La reine des Ténèbres », Françoise Hamel, Plon (2003).
- « *Le* Montespan », Jean Teulé, Julliard, 2008.

<u>A paraître :</u>

- Et que s'abattent les Ténèbres
**Pour l'amour d'Asmodée (2022)

- Si gris était le ciel :
*L'aigle noir de Ravensbrück (2022)
** Les colombes blanches de Bergen-Belsen (2022)

- Cléo Vanacker, avocat à la cour :
*Le Marionnettiste (2022)
** Le Joueur de flûte (2023)
*** le Médecin-conseil (2023)

- Les fiancées du Diable :
*La petite fille de Teterow (2023)
**Les souris grises (2023)
*** Les hyènes (2023)

- Les vents de la haine
*La nuit des victimes (2023)
**Le jour des bourreaux (2024)

www.ingramcontent.com/pod-product-compliance
Lightning Source LLC
Chambersburg PA
CBHW052000150726
47999CB00004B/1468